LES

AUTEURS GRECS

EXPLIQUÉS D'APRÈS UNE MÉTHODE NOUVELLE

PAR DEUX TRADUCTIONS FRANÇAISES

L'UNE LITTÉRALE ET JUXTALINÉAIRE PRÉSENTANT LE MOT A MOT FRANÇAIS
EN REGARD DES MOTS GRECS CORRESPONDANTS
L'AUTRE CORRECTE ET PRÉCÉDÉE DU TEXTE GREC

avec des sommaires et des notes

PAR UNE SOCIÉTÉ DE PROFESSEURS

ET D'HELLÉNISTES

DÉMOSTHÈNE

LES TROIS OLYNTHIENNES

EXPLIQUÉES LITTÉRALEMENT
TRADUITES EN FRANÇAIS ET ANNOTÉES

PAR C. LEPRÉVOST

PARIS

LIBRAIRIE HACHETTE ET Cie

79, BOULEVARD SAINT-GERMAIN, 79

1878

LES

AUTEURS GRECS

EXPLIQUÉS D'APRÈS UNE MÉTHODE NOUVELLE

PAR DEUX TRADUCTIONS FRANÇAISES

Ces Olynthiennes ont été expliquées littéralement, traduites en français et annotées par M. C. Leprévost, ancien professeur de l'Université.

21590-78. — Typographie Lahure, rue de Fleurus, 9, à Paris.

LES

AUTEURS GRECS

EXPLIQUÉS D'APRÈS UNE MÉTHODE NOUVELLE

PAR DEUX TRADUCTIONS FRANÇAISES

UNE LITTÉRALE ET JUXTALINÉAIRE PRÉSENTANT LE MOT A MOT FRANÇAIS
EN REGARD DES MOTS GRECS CORRESPONDANTS
L'AUTRE CORRECTE ET PRÉCÉDÉE DU TEXTE GREC

avec des sommaires et des notes

PAR UNE SOCIÉTÉ DE PROFESSEURS
ET D'HELLÉNISTES

DÉMOSTHÈNE

LES TROIS OLYNTHIENNES

PARIS
LIBRAIRIE HACHETTE ET Cie
79, BOULEVARD SAINT-GERMAIN, 79

1878

AVIS

RELATIF A LA TRADUCTION JUXTALINÉAIRE

On a réuni par des traits les mots français qui traduisent un seul mot grec.

On a imprimé en *italique* les mots qu'il était nécessaire d'ajouter pour rendre intelligible la traduction littérale, et qui n'ont pas leur équivalent dans le grec.

Enfin, les mots placés entre parenthèses, dans le français, doivent être considérés comme une seconde explication, plus intelligible que la version littérale.

AVANT-PROPOS

Nous donnons les *Olynthiennes* dans l'ancien ordre traditionnel. Denys d'Halycarnasse et plusieurs éditeurs modernes placent le premier de ces discours à la suite des deux autres. M. H. Weil, le savant maître de conférences à l'École normale supérieure, a expliqué dans sa grande édition des *Harangues*[1] pourquoi il n'a pas adopté ce classement. M. H Weil a également publié une petite édition des *Olynthiennes*[2].

1. Démosthène : *Les Harangues*. Texte grec publié d'après les travaux les plus récents de la philologie, avec un commentaire critique et explicatif, une introduction générale et des notices sur chaque discours, par M. H. Weil ; à l'usage des professeurs. 1 volume grand in-8, 7 fr. 50.

2. Démosthène : *Les trois Olynthiennes*. Texte grec, nouvelle édition classique, publiée avec des notices et analyses et des notes en français, par M. H. Weil. 1 vol. petit in-16, cart. 60 c. Librairie Hachette et Cie

ARGUMENT ANALYTIQUE

DE LA PREMIÈRE OLYNTHIENNE.

I. Il est important pour les Athéniens d'écouter tous les avis qu'on voudra leur donner. Démosthène pense, pour sa part, qu'il faut secourir Olynthe, et empêcher à force d'activité que Philippe, suivant son usage, ne tourne encore à son profit les circonstances actuelles.

II. L'occasion est favorable : car les Olynthiens savent, par l'exemple d'Amphipolis et de Pydna, qu'il n'y a pas de réconciliation sûre avec ce perfide ennemi ; et d'ailleurs, ayant pris les armes contre lui pour venger leurs propres griefs et non à l'instigation d'autrui, ils seront pour Athènes des alliés fidèles et constants.

III. Jusqu'alors la négligence des Athéniens leur a toujours été funeste. Exemples. C'est elle qui a fait la grandeur de Philippe.

IV. Cette négligence a été telle, qu'il a fallu toute la bienveillance des dieux pour qu'Athènes ne tombât point beaucoup plus bas qu'elle ne l'a fait. Qu'elle efface donc par de généreux efforts cette tache honteuse ; au salut d'Olynthe d'ailleurs est attaché son propre salut.

V. Tableau des conquêtes de Philippe. La rapidité de ces conquêtes et l'insatiable activité de Philippe sont bien effrayantes en présence de l'indolence des Athéniens.

VI. Malgré les dangers de la franchise, Démosthène osera ouvrir d'utiles avis : il pense que pour bien profiter de l'occasion il faut lever deux armées, destinées, l'une à secourir Olynthe, l'autre à ravager la Macédoine ; que la négligence de l'une de ces deux mesures rendra l'autre inutile. Quant aux fonds nécessaires, il en est de tout prêts ; il suffit de vouloir leur donner la destination qu'ils doivent véritablement avoir.

VII. La situation de Philippe est très-précaire : il croyait n'avoir qu'à se présenter pour tout soumettre, et la résistance imprévue qu'il rencontre le décourage : les Thessaliens toujours perfides se déclarent contre lui, et il se voit à la veille d'être privé des fonds qui servent à l'entretien de ses troupes étrangères ; les Péoniens, les Illyriens, etc., regrettent leur indépendance et sont prêts à lui échapper.

VIII. Les Athéniens doivent tourner à leur avantage ces circonstances si désavantageuses pour Philippe. Ils ont actuellement le choix du théâtre de la guerre ; une fois Olynthe prise, rien n'empêchera Philippe de les forcer à l'accepter sur leur propre territoire. Immenses inconvénients qui résulteraient pour eux d'une telle guerre.

IX. Riches, jeunes gens, orateurs, tous doivent donc réunir leurs efforts pour refouler au loin la guerre.

ΔΗΜΟΣΘΕΝΟΥΣ

ΟΛΥΝΘΙΑΚΟΣ Α.

I. Ἀντὶ πολλῶν ἄν, ὦ ἄνδρες Ἀθηναῖοι, χρημάτων ὑμᾶς ἑλέσθαι νομίζω, εἰ φανερὸν γένοιτο τὸ μέλλον συνοίσειν τῇ πόλει περὶ ὧν νυνὶ σκοπεῖτε. Ὅτε τοίνυν τοῦθ' οὕτως ἔχει, προσήκει προθύμως ἐθέλειν ἀκούειν τῶν βουλομένων συμβουλεύειν· οὐ γὰρ μόνον, εἴ τι χρήσιμον ἐσκεμμένος[1] ἥκει τις, τοῦτ' ἂν ἀκούσαντες λάβοιτε, ἀλλὰ καὶ τῆς ὑμετέρας τύχης ὑπολαμβάνω, πολλὰ τῶν δεόντων ἐκ τοῦ παραχρῆμα ἐνίοις ἂν ἐπελθεῖν εἰπεῖν, ὥστ' ἐξ ἁπάντων ῥᾳδίαν τὴν τοῦ συμφέροντος ὑμῖν αἵρεσιν γενέσθαι.

Ὁ μὲν οὖν παρὼν καιρός, ὦ ἄνδρες Ἀθηναῖοι, μονονουχὶ[2] λέγει φωνὴν ἀφιεὶς, ὅτι τῶν πραγμάτων ὑμῖν ἐκείνων αὐτοῖς ἀντιληπτέον ἐστὶν, εἴπερ ὑπὲρ σωτηρίας αὐτῶν φροντίζετε. Ἡμεῖς δ' οὐκ οἶδ' ὅντινά μοι δοκοῦμεν ἔχειν τρόπον πρὸς αὐτά.

I. Je crois, Athéniens, que vous préféreriez à de riches trésors qu'on vous fît voir clairement quel est l'intérêt de l'État dans l'affaire aujourd'hui soumise à votre délibération. Puisqu'il en est ainsi, c'est à vous de prêter une oreille attentive à ceux qui se disposent à vous offrir des conseils : car, non-seulement, si quelqu'un vous apporte des fruits utiles de ses méditations, vous les saisirez en l'écoutant; mais, encore, il peut arriver, grâce à votre fortune, que des citoyens, dans une subite inspiration, vous exposent un grand nombre de vues salutaires ; en sorte que, par tous ces débats, le choix du parti le plus avantageux vous devienne facile.

La circonstance où vous vous trouvez, Athéniens, vous crie en quelque sorte que vous devez vous saisir des affaires présentes, si vous avez à cœur votre propre conservation. Je ne sais dans quelle disposition d'esprit nous sommes tous à cet égard ; pour moi, voici ce qu'il

DÉMOSTHÈNE.

OLYNTHIENNE I.

1. Ὦ ἄνδρες Ἀθηναῖοι,	1. O hommes Athéniens,
νομίζω ὑμᾶς ἂν ἑλέσθαι	je pense vous devoir préférer
ἀντὶ πολλῶν χρημάτων,	au lieu de (à) beaucoup de richesses,
εἰ τὸ μέλλον συνοίσειν τῇ πόλει	si ce qui doit être-utile à la ville
περὶ ὧν σκοπεῖτε νῦν	sur ce-que vous examinez maintenant
γένοιτο φανερόν.	était devenu évident.
Ὅτε τοίνυν τοῦτο ἔχει οὕτως,	Puisque donc cela est ainsi,
προσήκει ἐθέλειν προθύμως	il convient vouloir de-tout-cœur
ἀκούειν τῶν βουλομένων συμβουλεύειν·	écouter ceux voulant conseiller;
οὐ γὰρ μόνον, εἰ τις ἥκει	car non seulement, si quelqu'un vient
ἐσκεμμένος τι χρήσιμον,	ayant médité quelque-chose d'utile,
ἂν λάβοιτε τοῦτο ἀκούσαντες,	vous recevrez cela, ayant écouté,
ἀλλὰ καὶ ὑπολαμβάνω	mais encore je soupçonne
τῆς ὑμετέρας τύχης,	*être* de votre fortune,
πολλὰ τῶν δεόντων	beaucoup des choses nécessaires
ἂν ἐπελθεῖν ἐνίοις	devoir venir à quelques-uns
εἰπεῖν ἐκ τοῦ παραχρῆμα,	à dire au moment-*même*,
ὥστε ἐξ ἁπάντων	de sorte que de toutes *ces choses*
τὴν αἵρεσιν τοῦ συμφέροντος	le choix de l'avantageux
γενέσθαι ῥᾳδίαν ὑμῖν.	être devenu facile à vous.
Ὁ μὲν οὖν καιρὸς παρών,	Or donc la circonstance présente,
ὦ ἄνδρες Ἀθηναῖοι,	ô hommes Athéniens,
λέγει μονονουχὶ	dit presque
ἀφιεὶς φωνήν,	en émettant une voix,
ὅτι ἐστὶν ἀντιληπτέον	qu'il est devant être pris-soin
ἐκείνων τῶν πραγμάτων ὑμῖν αὐτοῖς,	de ces choses par vous-mêmes,
εἴπερ φροντίζετε	si-toutefois vous vous mettez-en-peine
ὑπὲρ σωτηρίας αὐτῶν.	pour le salut de *vous*-mêmes.
Ἡμεῖς δὲ	Et-pourtant nous
οὐκ οἶδα ὅντινα τρόπον	je ne sais *de* quelle manière
δοκοῦμέν μοι	nous semblons à moi
ἔχειν πρὸς αὐτά.	être quant à ces *choses*.

Ἔστι δὴ τά γ' ἐμοὶ δοκοῦντα, ψηφίσασθαι μὲν ἤδη τὴν βοήθειαν, καὶ παρασκευάσασθαι τὴν ταχίστην, ὅπως ἐνθένδε βοηθήσητε[1] καὶ μὴ πάθητε ταὐτὸν ὅπερ καὶ πρότερον, πρεσβείαν δὲ πέμπειν, ἥτις ταῦτ' ἐρεῖ καὶ παρέσται τοῖς πράγμασιν· ὡς ἔστι μάλιστα τοῦτο δέος μὴ, πανοῦργος ὢν καὶ δεινὸς ἄνθρωπος πράγμασι χρῆσθαι, τὰ μὲν εἴκων, ἡνίκα ἂν τύχῃ, τὰ δ' ἀπειλῶν (ἀξιόπιστος δ' ἂν εἰκότως φαίνοιτο), τὰ δ' ἡμᾶς διαβάλλων καὶ τὴν ἀπουσίαν τὴν ἡμετέραν, τρέψηται καὶ παρασπάσηταί[2] τι τῶν ὅλων πραγμάτων.

II. Οὐ μὴν ἀλλ' ἐπιεικῶς, ὦ ἄνδρες Ἀθηναῖοι, τοῦθ', ὃ δυσμαχώτατόν ἐστι τῶν Φιλίππου πραγμάτων, καὶ βέλτιστον ὑμῖν· τὸ γὰρ εἶναι πάντων ἐκεῖνον ἕνα ὄντα κύριον καὶ ῥητῶν καὶ ἀποῤῥήτων, καὶ ἅμα στρατηγὸν καὶ δεσπότην καὶ ταμίαν, καὶ πανταχοῦ αὐτὸν παρεῖναι τῷ στρατεύματι, πρὸς μὲν τὸ τὰ

me paraît à propos de faire : décréter sur-le-champ le secours demandé, le préparer le plus promptement possible, afin qu'en le tirant de cette ville même, vous évitiez ce qui vous est précédemment arrivé; enfin envoyer des députés pour annoncer vos décrets et pour veiller sur cette expédition ; car ce que nous avons surtout à craindre, c'est que notre ennemi, plein d'artifices et habile à profiter des circonstances, tantôt en cédant à propos, tantôt en menaçant (et c'est alors qu'il est digne de foi), tantôt en nous calomniant et en accusant notre absence, ne change et n'attire en ses mains une partie des affaires de la Grèce.

II. Mais heureusement, Athéniens, ce qui paraît le plus inattaquable dans la position de Philippe, se trouve pour vous d'une extrême utilité. En effet, se voir l'unique arbitre de tout, et de ce qu'il faut dire et de ce qu'il faut faire ; être à la fois général, souverain, tresorier; veiller sur toutes les parties d'une armée en campagne : c'est là

Τὰ δὴ δοκοῦντα	Certes les choses semblant *justes*
ἔμοιγε ἐστι,	à moi du moins, sont :
ψηφίσασθαι μὲν	d'une-part avoir voté
ἤδη τὴν βοήθειαν,	aussitôt le secours,
καὶ παρασκευάσασθαι	et vous être préparés
τὴν ταχίστην,	*par* la *voie* la plus prompte,
ὅπως βοηθήσητε ἐνθένδε,	afin que vous ayez secouru d'ici,
καὶ μὴ πάθητε ταὐτὸν	et n'ayez pas éprouvé la même *chose*
ὅπερ καὶ πρότερον,	laquelle déjà-aussi auparavant ;
πέμπειν δὲ πρεσβείαν,	d'autre-part envoyer une députation
ἥτις ἐρεῖ ταῦτα	qui dira ces-choses
καὶ παρέσται τοῖς πράγμασιν·	et assistera aux affaires ;
ὡς τοῦτο δέος ἐστὶ μάλιστα	car cette crainte existe surtout,
μή, ὢν ἄνθρωπος πανοῦργος	que, étant un homme astucieux
καὶ δεινὸς χρῆσθαι πράγμασι,	et habile à user des événements,
τὰ μὲν εἴκων,	tantôt cédant,
ἡνίκα ἂν τύχῃ,	lorsque *cela* se rencontrera,
τὰ δὲ ἀπειλῶν	tantôt menaçant
(φαίνοιτο δὲ ἂν	(or il paraîtrait *en-ceci*
εἰκότως ἀξιόπιστος),	justement digne-de-foi),
τὰ δὲ	tantôt encore
διαβάλλων ἡμᾶς	calomniant nous
καὶ τὴν ἀπουσίαν τὴν ἡμετέραν,	et l'absence la nôtre,
τρέψηται	il ne détourne
καὶ παρασπάσηταί τι	et *n*'attire-à-lui quelque *chose*
τῶν πραγμάτων ὅλων.	des affaires générales.
II. Οὐ μὴν ἀλλὰ ἐπιεικῶς,	II. Cependant par bonheur,
ὦ ἄνδρες Ἀθηναῖοι,	ô hommes Athéniens,
τοῦτο, ὅ ἐστι δυσμαχώτατον	ceci, qui est le plus inexpugnable
τῶν πραγμάτων Φιλίππου,	des affaires de Philippe,
καὶ βέλτιστον ὑμῖν·	*est* aussi le meilleur pour vous :
τὸ γὰρ ἐκεῖνον εἶναι κύριον	car le celui-ci être l'arbitre,
ὄντα ἕνα	*l*'étant *lui* seul,
πάντων	de toutes *les décisions*
καὶ ῥητῶν καὶ ἀποῤῥήτων,	et à-dire et non-à-dire,
καὶ ἅμα στρατηγὸν	et en même temps général,
καὶ δεσπότην καὶ ταμίαν,	et maître-souverain et intendant,
καὶ αὐτὸν πανταχοῦ	et lui-même partout
παρεῖναι τῷ στρατεύματι,	être-près de *son* armée,

τοῦ πολέμου ταχὺ καὶ κατὰ καιρὸν πράττεσθαι πολλῷ προέχει, πρὸς δὲ τὰς καταλλαγὰς[1], ἃς ἂν ἐκεῖνος ποιήσαιτο ἄσμενος πρὸς Ὀλυνθίους, ἐναντίως ἔχει. Δῆλον γάρ ἐστι τοῖς Ὀλυνθίοις, ὅτι νῦν οὐ περὶ δόξης οὐδ' ὑπὲρ μέρους χώρας πολεμοῦσιν, ἀλλ' ἀναστασεως καὶ ἀνδραποδισμοῦ τῆς πατρίδος· καὶ ἴσασιν ἅ τ' Ἀμφιπολιτῶν ἐποίησε τοὺς παραδόντας[2] αὐτῷ τὴν πόλιν, καὶ Πυδναίων τοὺς ὑποδεξαμένους, καὶ ὅλως ἄπιστον, οἶμαι, ταῖς πολιτείαις ἡ τυραννὶς, ἄλλως τε κἂν ὅμορον χώραν ἔχωσι.

Ταῦτ' οὖν ἐγνωκότας ὑμᾶς, ὦ ἄνδρες Ἀθηναῖοι, καὶ τἄλλ' ἃ προσήκει πάντα ἐνθυμουμένους, φημὶ δεῖν ἐθελῆσαι, καὶ παροξυνθῆναι, καὶ τῷ πολέμῳ προσέχειν, εἴπερ ποτὲ, καὶ νῦν, χρήματα εἰσφέροντας προθύμως, καὶ αὐτοὺς ἐξιόντας, καὶ μηδὲν ἐλλείποντας. Οὐδὲ γὰρ λόγος οὐδὲ σκῆψις ἔθ' ὑμῖν τοῦ μὴ τὰ δέοντα ποιεῖν ἐθέλειν ὑπολείπεται. Νυνὶ γὰρ, ὃ πάντες ἐθρυλεῖτε,

un immense avantage pour exécuter avec promptitude et opportunité tous les mouvements qu'exige la guerre. Mais cela même tourne contre son projet favori de se réconcilier avec les Olynthiens : car ceux-ci reconnaissent aujourd'hui qu'ils ne combattent plus ni pour l'honneur, ni pour quelque partie de leur territoire, mais qu'il s'agit de la ruine et de l'esclavage de leur patrie ; ils savent comment il a traité les Amphipolitains qui lui ont livré leur ville et ceux des Pydnéens qui l'ont introduit chez eux ; d'ailleurs je pense qu'en général un roi est toujours suspect à une république, surtout quand leurs États sont limitrophes.

Pour vous, Athéniens, qui connaissez ces événements, et qui faites sur tant d'autres les réflexions qu'ils méritent, il faut, croyez-moi, que votre volonté soit ferme, que votre zèle redouble ; que vous vous attachiez à la guerre plus que jamais, que vous payiez avec empressement vos impôts selon votre fortune, que vous vous mettiez vous-mêmes en campagne, que vous ne négligiez rien. Il ne vous reste plus ni prétexte, ni faux-fuyant pour ne pas vouloir faire ce qu'exige la

προέχει μὲν πολλῷ	d'une-part a-l'avantage de beaucoup
πρὸς τὸ πράττεσθαι ταχὺ	pour le faire promptement
καὶ κατὰ καιρὸν	et selon l'opportunité
τὰ τοῦ πολέμου,	les-choses de la guerre,
ἔχει δὲ ἐναντίως	mais se trouve-disposé contrairement
πρὸς τὰς καταλλαγὰς	pour les accommodements
ἃς ἐκεῖνος ἂν ποιήσαιτο ἄσμενος	que celui-là ferait volontiers
πρὸς Ὀλυνθίους.	avec les Olynthiens.
Ἔστι γὰρ δῆλον τοῖς Ὀλυνθίοις,	Car il est clair *pour* les Olynthiens ,
ὅτι πολεμοῦσι νῦν	que ils combattent maintenant
οὐ περὶ δόξης	non au sujet de la gloire,
οὐδὲ ὑπὲρ μέρους χώρας,	ni-même pour une portion de pays,
ἀλλὰ ἀναστάσεως	mais *touchant* la ruine
καὶ ἀνδραποδισμοῦ τῆς πατρίδος·	et l'asservissement de la patrie;
καὶ ἴσασιν ἃ ἐποίησε	et ils savent ce-qu'il a fait
τούς τε Ἀμφιπολιτῶν	et à ceux d'*entre* les Amphipolitains
παραδόντας τὴν πόλιν αὐτῷ,	ayant livré la ville à lui,
καὶ τοὺς Πυδναίων	et à ceux d'*entre* les Pydnéens
ὑποδεξαμένους·	*l'*ayant reçu ;
καὶ ὅλως ἡ τυραννίς, οἶμαι,	et en-un-mot la royauté, je pense,
ἄπιστον ταῖς πολιτείαις,	*est* chose-suspecte aux républiques,
ἄλλως τε κἂν	et sous-d'autres-rapports et si
ἔχωσι χώραν ὅμορον.	elles occupent un pays limitrophe
Φημὶ οὖν δεῖν,	Je dis donc falloir,
ὦ ἄνδρες Ἀθηναῖοι,	ô hommes Athéniens,
ὑμᾶς ἐγνωκότας ταῦτα,	vous ayant connu ces-choses
καὶ ἐνθυμουμένους πάντα τὰ ἄλλα	et concevant toutes les autres
ἃ προσήκει,	lesquelles il convient,
ἐθελῆσαι καὶ παροξυνθῆναι,	avoir voulu et avoir été animés,
καὶ προσέχειν τῷ πολέμῳ,	et vous appliquer à la guerre,
εἴπερ ποτέ,	si-toutefois jamais *vous l'avez fait*,
καὶ νῦν,	*le faisant* encore maintenant,
εἰσφέροντας χρήματα	apportant *à la masse* des fonds
προθύμως,	avec-ardeur,
καὶ ἐξιόντας αὐτούς,	et sortant *vous*-mêmes,
καὶ ἐλλείποντας μηδέν.	et *ne* négligeant rien.
Οὐδὲ γὰρ λόγος οὐδὲ σκῆψις	Car ni raison ni prétexte
τοῦ μὴ ἐθέλειν ποιεῖν τὰ δέοντα	du ne pas vouloir faire ce qu'il faut
ὑπολείπεται ἔτι ὑμῖν.	*n'*est laissé encore à vous.
Νυνὶ γάρ,	Car maintenant,

ὡς Ὀλυνθίους ἐκπολεμῶσαι δεῖ Φιλίππῳ, γέγονεν αὐτόματον, καὶ ταῦθ' ὡς ἂν ὑμῖν μάλιστα συμφέροι. Εἰ μὲν γὰρ ὑφ' ὑμῶν πεισθέντες ἀνείλοντο τὸν πόλεμον, σφαλεροὶ σύμμαχοι καὶ μέχρι του[1] ταῦτ' ἂν ἐγνωκότες ἦσαν ἴσως. Ἐπειδὴ δ' ἐκ τῶν πρὸς αὐτοὺς ἐγκλημάτων μισοῦσι, βεβαίαν εἰκὸς τὴν ἔχθραν αὐτοὺς ὑπὲρ ὧν φοβοῦνται καὶ πεπόνθασιν ἔχειν.

III. Οὐ δεῖ δὴ τοιοῦτον, ὦ ἄνδρες Ἀθηναῖοι, παραπεπτωκότα καιρὸν ἀφεῖναι, οὐδὲ παθεῖν ταὐτὸν, ὅπερ ἤδη πολλάκις πρότερον πεπόνθατε. Εἰ γὰρ, ὅθ' ἥκομεν Εὐβοεῦσι βεβοηθηκότες[2], καὶ παρῆσαν[3] Ἀμφιπολιτῶν Ἱέραξ καὶ Στρατοκλῆς ἐπὶ τουτὶ τὸ βῆμα, κελεύοντες ἡμᾶς ἐκπλεῖν καὶ παραλαμβάνειν τὴν πόλιν, τὴν αὐτὴν παρειχόμεθ' ἡμεῖς [καὶ] ὑπὲρ ἡμῶν αὐτῶν προθυμίαν[4], ἥνπερ ὑπὲρ τῆς Εὐβοέων σωτηρίας, εἴχετ' ἂν Ἀμφίπολιν τότε, καὶ πάντων τῶν μετὰ ταῦτα ἂν ἦτε ἀπηλλα-

nécessité ; car aujourd'hui, ce que vous demandiez tous, qu'une guerre s'allumât entre les Olynthiens et Philippe, s'offre de soi-même, et cela, de la manière qui vous est la plus avantageuse. S'ils avaient pris les armes à votre instigation, peut-être seraient-ils des alliés peu sûrs, et ne persisteraient-ils que pour un temps ; mais puisque leur haine est fondée sur des griefs dont il s'est rendu coupable à leur égard, il est vraisemblable que leur inimitié contre l'objet de leurs craintes et de leurs maux sera durable.

III. Il ne faut donc pas, Athéniens, laisser échapper une telle occasion, qui s'offre d'elle-même, ni retomber encore dans la même faute que vous avez déjà commise si souvent. Car si, à l'époque où nous venions de secourir l'Eubée, et où les députés d'Amphipolis, Hiérax et Straroclès, parurent à cette tribune, nous pressant de mettre à la voile et de prendre leur ville sous notre protection, nous eussions montré pour nos propres intérêts la même ardeur que nous venions de déployer pour le salut des Eubéens, vous vous seriez emparés alors d'Amphipolis, et vous auriez été délivrés de tous les embarras

ὃ πάντες ἐθρυλεῖτε,	ce-que tous vous répétiez,
ὡς δεῖ ἐκπολεμῶσαι	que il faut avoir mis-en-guerre
Ὀλυνθίους Φιλίππῳ,	les Olynthiens contre Philippe,
γέγονεν αὐτόματον,	est arrivé de-soi-même,
καὶ ταῦτα	et cela
ὡς ἂν συμφέροι μάλιστα ὑμῖν.	comme il devait-servir le plus à vous.
Εἰ μὲν γὰρ	Car certes si
ἀνείλοντο τὸν πόλεμον	ils se fussent chargés de la guerre
πεισθέντες ὑπὸ ὑμῶν,	persuadés par vous,
ἦσαν ἂν ἴσως	ils seraient peut-être
σύμμαχοι σφαλεροὶ	des alliés glissants
καὶ ἐγνωκότες ταῦτα	et pensant ces *choses*
μέχρι του.	jusqu'à un certain *temps seulement*
Ἐπειδὴ δὲ μισοῦσιν	Mais attendu qu'ils haïssent *lui*
ἐκ τῶν ἐγκλημάτων πρὸς αὐτοὺς,	d'après les griefs envers eux-mêmes,
εἰκὸς αὐτοὺς ἔχειν	*il est* naturel eux avoir
τὴν ἔχθραν βεβαίαν	la haine solide
ὑπὲρ ὧν φοβοῦνται	à cause de ce-que ils craignent
καὶ πεπόνθασιν.	et ont souffert *déjà*.
III. Οὐ δεῖ δὴ,	III. Il ne faut pas certes,
ὦ ἄνδρες Ἀθηναῖοι,	ô hommes Athéniens,
ἀφεῖναι καιρὸν τοιοῦτον	laisser-échapper une occasion telle
παραπεπτωκότα,	s'étant présentée *d'elle-même*,
οὐδὲ παθεῖν ταὐτὸν	ni avoir éprouvé la même-chose
ὅπερ πεπόνθατε	laquelle vous avez éprouvée
πολλάκις ἤδη πρότερον.	souvent déjà précédemment.
Εἰ γὰρ, ὅτε ἥκομεν	Car si, quand nous fûmes-de-retour
βεβοηθηκότες Εὐβοεῦσι,	ayant porté-secours aux Eubéens,
καὶ Ἱέραξ καὶ Στρατοκλῆς	et *que* Hiérax et Stratoclès
Ἀμφιπολιτῶν	*envoyés* des Amphipolitains
παρῆσαν ἐπὶ τουτὶ τὸ βῆμα,	étaient-présents à cette tribune,
κελεύοντες ἡμᾶς ἐκπλεῖν	engageant nous à nous-mettre-en-mer
καὶ παραλαμβάνειν τὴν πόλιν,	et à recevoir la ville *d'eux*,
ἡμεῖς παρειχόμεθα	nous eussions montré
[καὶ] ὑπὲρ ἡμῶν αὐτῶν	aussi pour nous-mêmes
τὴν αὐτὴν προθυμίαν ἥνπερ	la même ardeur que
ὑπὲρ τῆς σωτηρίας Εὐβοέων,	pour le salut des Eubéens,
εἴχετε ἂν Ἀμφίπολιν τότε,	vous eussiez eu Amphipolis alors,
καὶ ἂν ἦτε ἀπηλλαγμένοι	et vous eussiez été débarrassés
πάντων τῶν πραγμάτων μετὰ ταῦ- [τα.	de toutes les affaires *venues* après cela.

γμένοι πραγμάτων. Καὶ πάλιν, ἡνίκα Πύδνα [1], Ποτίδαια, Μεθώνη, Παγασαὶ, τἄλλα, ἵνα μὴ καθ' ἕκαστα λέγων διατρίβω, πολιορκούμενα ἀπηγγέλλετο, εἰ τότε τούτων ἑνὶ τῷ πρώτῳ προθύμως καὶ ὡς προσῆκεν ἐβοηθήσαμεν αὐτοὶ, ῥᾴονι καὶ πολὺ ταπεινοτέρῳ νῦν ἂν ἐχρώμεθα τῷ Φιλίππῳ. Νῦν δὲ τὸ μὲν παρὸν ἀεὶ προϊέμενοι, τὰ δὲ μέλλοντα αὐτόματ' οἰόμενοι σχήσειν καλῶς, ηὐξήσαμεν, ὦ ἄνδρες Ἀθηναῖοι, Φίλιππον ἡμεῖς, καὶ κατεστήσαμεν τηλικοῦτον, ἡλίκος οὐδείς πώ ποτε βασιλεὺς γέγονε Μακεδονίας. Νυνὶ δὴ καιρὸς ἥκει τις, οὗτος ὁ τῶν Ὀλυνθίων, αὐτόματος τῇ πόλει, ὃς οὐδενός ἐστιν ἐλάττων τῶν προτέρων ἐκείνων.

IV. Καὶ ἔμοιγε δοκεῖ τις ἄν, ὦ ἄνδρες Ἀθηναῖοι, δίκαιος λογιστὴς τῶν παρὰ τῶν θεῶν ἡμῖν ὑπηργμένων[2] καταστὰς, καίπερ οὐκ ἐχόντων ὡς δεῖ πολλῶν, ὅμως μεγάλην ἂν ἔχειν αὐτοῖς χάριν εἰκότως· τὸ μὲν γὰρ πολλὰ ἀπολωλεκέναι κατὰ τὸν πόλεμον, τῆς ἡμετέρας ἀμελείας ἄν τις θείη δικαίως, τὸ δὲ μήτε πάλαι

qui vous ont tourmentés depuis. De même encore, si, lorsqu'on vous annonça le siége de Pydna, de Potidée, de Méthone, de Pagases, et de tant d'autres places qu'il serait trop long d'énumérer une à une, nous eussions secouru avec zèle et comme il convenait une seule d'entre elles, la première, nous trouverions aujourd'hui Philippe bien plus traitable et bien plus humble. Mais au lieu de cela, à force de négliger toujours le présent et de croire que l'avenir s'améliorera de lui-même, nous avons, Athéniens, nous avons, par notre propre fait, agrandi Philippe, et nous l'avons élevé à un degré de puissance où jamais encore n'était parvenu aucun roi de Macédoine. Cependant voici qu'une nouvelle occasion s'offre d'elle-même à la république, celle du siége d'Olynthe, non moins favorable qu'aucune des précédentes.

IV. En vérité, Athéniens, quoique bien des choses laissent encore à désirer, il me semble que celui qui voudrait apprécier avec justice tout ce que les Dieux ont fait pour nous, serait pénétré envers eux, à juste titre, d'une profonde reconnaissance : et en effet, si nous avons fait dans la guerre des pertes considérables, c'est à notre négligence qu'il est juste de les imputer; mais que nous ne les ayons pas éprou-

Καὶ πάλιν, ἡνίκα Πύδνα,	Et encore, lorsque Pydna,
Ποτίδαια, Μεθώνη, Παγασαὶ,	Potidée, Méthone, Pagases,
τὰ ἄλλα,	*et* les autres *places*,
ἵνα μὴ διατρίβω	pour que je n'use pas *le temps*
λέγων κατὰ ἕκαστα,	citant *elles* quant à chacune,
ἀπηγγέλλετο πολιορκούμενα,	furent annoncées étant assiégées,
εἰ τότε αὐτοὶ ἐβοηθήσαμεν	si alors nous-mêmes avions secouru
προθύμως καὶ ὡς προσῆκεν	avec-ardeur et comme il convenait
ἑνὶ τούτων τῷ πρώτῳ,	une-seule d'elles, la première,
ἐχρώμεθα ἂν νῦν	nous nous servirions aujourd'hui
τῷ Φιλίππῳ ῥᾴονι	de Philippe plus traitable
καὶ πολὺ ταπεινοτέρῳ.	et beaucoup plus humble.
Νῦν δὲ	Mais voici-que,
προϊέμενοι μὲν ἀεὶ τὸ παρὸν,	et abandonnant toujours le présent,
οἰόμενοι δὲ τὰ μέλλοντα	et pensant les *choses* futures
σχήσειν καλῶς αὐτόματα,	devoir être bien d'elles-mêmes,
ἡμεῖς ηὐξήσαμεν Φίλιππον,	nous-*mêmes* avons agrandi Philippe,
ὦ ἄνδρες Ἀθηναῖοι,	ô hommes Athéniens,
καὶ κατεστήσαμεν τηλικοῦτον,	et avons établi *lui* aussi-grand,
ἡλίκος οὐδεὶς βασιλεὺς Μακεδονίας	que aucun roi de Macédoine
γέγονε πώποτε.	n'a été encore-jamais.
Νυνὶ δὴ καιρὸς	Mais certes voici-qu'une occasion.
οὗτος ὁ τῶν Ὀλυνθίων	celle des Olynthiens,
ἥκει αὐτόματος τῇ πόλει,	vient spontanée à la ville,
ὅστις ἐστὶν ἐλάττων	laquelle n'est moindre
οὐδενὸς ἐκείνων τῶν προτέρων.	que nulle de celles-là les précédentes.
IV. Καί τις ἂν καταστὰς,	IV. Et quelqu'un s'étant posé,
ὦ ἄνδρες Ἀθηναῖοι,	ô hommes Athéniens,
λογιστὴς δίκαιος τῶν	appréciateur juste des choses
ὑπηργμένων ἡμῖν παρὰ τῶν θεῶν,	fournies à nous de la part des dieux,
καίπερ πολλῶν	quoique beaucoup de *choses*
οὐκ ἐχόντων ὡς δεῖ,	n'étant pas comme il faut,
δοκεῖ ὅμως ἔμοιγε	paraît pourtant à moi du moins
ἔχειν ἂν αὐτοῖς εἰκότως	devoir avoir envers eux à-bon-droit
μεγάλην χάριν·	une grande reconnaissance :
τὸ μὲν γὰρ ἀπολωλεκέναι πολλὰ	car le d'un-côté avoir perdu beaucoup
κατὰ τὸν πόλεμον,	pendant la guerre,
τὶς ἂν θείη δικαίως	on pourrait-mettre *cela* avec-justice
τῆς ἡμετέρας ἀμελείας,	*au compte* de notre négligence ;
τὸ δὲ μήτε πεπονθέναι	mais le n'avoir pas éprouvé

τοῦτο πεπονθέναι, πεφηνέναι τέ τινα ἡμῖν συμμαχίαν τούτων ἀντίῤῥοπον, ἂν βουλώμεθα χρῆσθαι, τῆς παρ' ἐκείνων εὐνοίας εὐεργέτημ' ἂν ἔγωγε θείην. Ἀλλ', οἶμαι, παρόμοιόν ἐστιν ὅπερ καὶ περὶ τῆς τῶν χρημάτων κτήσεως. Ἂν μὲν γὰρ, ὅσα ἄν τις λάβῃ, καὶ σώσῃ, μεγάλην ἔχει τῇ τύχῃ τὴν χάριν· ἂν δ' ἀναλώσας λάθῃ, συνανάλωσε καὶ τὸ μεμνῆσθαι [τῇ τύχῃ] τὴν χάριν. Καὶ περὶ τῶν πραγμάτων οὕτως οἱ μὴ χρησάμενοι τοῖς καιροῖς ὀρθῶς, οὐδ' εἰ συνέβη τι παρὰ τῶν θεῶν χρηστὸν, μνημονεύουσι· πρὸς γὰρ τὸ τελευταῖον ἐκβὰν ἕκαστον τῶν προϋπαρξάντων ὡς τὰ πολλὰ κρίνεται. Διὸ καὶ σφόδρα δεῖ τῶν λοιπῶν ἡμᾶς, ὦ ἄνδρες Ἀθηναῖοι, φροντίσαι, ἵνα ταῦτ' ἐπανορθωσάμενοι τὴν ἐπὶ τοῖς πεπραγμένοις ἀδοξίαν ἀποτριψώμεθα. Εἰ δὲ προησόμεθα, ὦ ἄνδρες Ἀθηναῖοι, καὶ τούτους τοὺς ἀνθρώπους, εἶτ'

vées depuis longtemps déjà, qu'il se présente à nous une alliance capable de nous indemniser, si toutefois nous voulons la mettre à profit, ce sont là, selon moi, des bienfaits qui ne sont dus qu'à leur bienveillance. Mais il en est de ceci, à ce qu'il me semble, comme de la possession des biens. Conserve-t-on tout ce qu'on a reçu de la fortune, on lui en a une grande reconnaissance; se trouve-t-il, au contraire, qu'on ait insensiblement dissipé ce qu'on avait, le souvenir du bienfait et la reconnaissance se sont dissipés dans la même proportion. De même, en matière d'affaires publiques, ceux qui n'ont pas su profiter des circonstances favorables, oublient même les bienfaits qu'ils ont pu recevoir des Dieux; car le plus souvent on ne juge des événements antérieurs que par le résultat final. C'est pourquoi, Athéniens, il faut prendre vivement à cœur le salut de ce qui nous reste, afin qu'en l'améliorant nous effacions l'opprobre de notre conduite passée. Mais si nous abandonnons encore ces hommes, Athéniens, et que par suite

τοῦτο πάλαι,	cela depuis-longtemps,
τινά τε συμμαχίαν πεφηνέναι ἡμῖν	et une alliance s'être montrée à nous
ἀντίῤῥοπον τούτων,	venant-en-contre-poids de ces-choses,
ἂν βουλώμεθα χρῆσθαι,	si nous voulons user d'*elle*,
ἔγωγε ἂν θείην	moi-du-moins je *le* placerai comme
εὐεργέτημα τῆς εὐνοίας	un bienfait de la bienveillance
παρὰ ἐκείνων.	de-la-part de ceux-là.
Ἀλλὰ, οἶμαι, ὅπερ καὶ	Du reste, je pense, ce-qui *a lieu* aussi
περὶ τῆς κτήσεως τῶν χρημάτων,	pour la possession des richesses,
ἐστὶ παρόμοιον.	est très-analogue.
Ἂν μὲν γὰρ	En effet si d'une part
ὅσα τις ἂν λάβῃ,	tout ce-que quelqu'un aura pu-acquérir,
καὶ σώσῃ,	il aura conservé aussi *cela*,
ἔχει τὴν χάριν	il a la reconnaissance
μεγάλην τῇ τύχῃ·	grande envers la fortune ;
ἂν δὲ λάθῃ	mais si il a été caché *à lui-même*
ἀναλώσας,	ayant perdu *ce qu'il avait*,
συνανάλωσε καὶ	il a perdu-tout-ensemble aussi
τὸ μεμνῆσθαι τὴν χάριν	le se souvenir de la reconnaissance
τῇ τύχῃ.	envers la fortune.
Οὕτω καὶ περὶ τῶν πραγμάτων	De même aussi au sujet des affaires
οἱ μὴ χρησάμενοι ὀρθῶς	ceux n'ayant pas usé bien
τοῖς καιροῖς	des circonstances-favorables
οὐδὲ μνημονεύουσιν	ne se souviennent pas-même
εἴ τι χρηστὸν	si quelque-chose *d'*avantageux
συνέβη παρὰ τῶν θεῶν·	est arrivé de la part des dieux ;
ἕκαστον γὰρ τῶν προϋπαρξάντων	car chacune des choses ayant précédé
κρίνεται	est jugée
ὡς τὰ πολλὰ	comme la plupart *le sont*
πρὸς τὸ τελευταῖον ἐκβάν.	eu-égard-à la dernière arrivée.
Διὸ καὶ δεῖ ἡμᾶς,	C'est-pourquoi aussi il faut nous,
ὦ ἄνδρες Ἀθηναῖοι,	ô hommes Athéniens,
φροντίσαι σφόδρα τῶν λοιπῶν,	nous occuper fort des choses restant,
ἵνα ἐπανορθωσάμενοι ταῦτα	afin que ayant redressé elles
ἀποτριψώμεθα τὴν ἀδοξίαν	nous ayons effacé la honte
ἐπὶ τοῖς πεπραγμένοις.	au sujet de celles accomplies.
Εἰ δὲ προησόμεθα,	Mais si nous abandonnerons,
ὦ ἄνδρες Ἀθηναῖοι,	ô hommes Athéniens,
καὶ τούτους τοὺς ἀνθρώπους,	encore ces hommes,
εἶτα ἐκεῖνος	*et si* par-suite celui-là

Ὄλυνθον ἐκεῖνος καταστρέψεται, φρασάτω τις ἐμοί, τί τὸ κωλῦον ἔτ' αὐτὸν ἔσται βαδίζειν ὅποι βούλεται.

V. Ἆρά γε λογίζεταί τις ὑμῶν, ὦ ἄνδρες Ἀθηναῖοι, καὶ θεωρεῖ τὸν τρόπον, δι' ὃν μέγας γέγονεν, ἀσθενὴς ὢν τὸ κατ' ἀρχὰς Φίλιππος; Τὸ πρῶτον Ἀμφίπολιν[1] λαβών, μετὰ ταῦτα Πύδναν, πάλιν Ποτίδαιαν, Μεθώνην αὖθις, εἶτα Θετταλίας ἐπέβη· μετὰ ταῦτα Φερὰς, Παγασὰς, Μαγνησίαν, πάνθ' ὃν ἐβούλετο εὐτρεπίσας τρόπον, ᾤχετ' εἰς Θρᾴκην· εἶτ' ἐκεῖ τοὺς μεν ἐκβαλὼν[2], τοὺς δὲ καταστήσας τῶν βασιλέων, ἠσθένησε· πάλιν ῥαΐσας οὐκ ἐπὶ τὸ ῥᾳθυμεῖν ἀπέκλινεν, ἀλλ' εὐθὺς Ὀλυνθίοις ἐπεχείρησε. Τὰς[3] δ' ἐπ' Ἰλλυριοὺς καὶ Παίονας αὐτοῦ καὶ πρὸς Ἀρύμβαν[4], καὶ ὅποι τις ἂν εἴποι, παραλείπω στρατείας.

Τί οὖν, ἄν τις εἴποι, ταῦτα λέγεις ἡμῖν νῦν; ἵνα γνῶτε, ὦ ἄνδρες Ἀθηναῖοι, καὶ αἴσθησθε ἀμφοτερα, καὶ τὸ προϊεσθαι καθ' ἕκαστον ἀεί τι τῶν πραγμάτων ὡς ἀλυσιτελὲς, καὶ τὴν

Philippe soumette Olynthe, qu'on me dise qui l'empêchera alors de marcher partout où il voudra.

V. En est-il un seul parmi vous, Athéniens, qui calcule, qui considère en lui-même les moyens par lesquels ce Philippe, si faible dans le principe, est devenu si grand? Il commença par s'emparer d'Amphipolis, puis de Pydna, puis de Potidée, puis encore de Méthone; ensuite il envahit la Thessalie; puis, quand il eut bouleversé à son gré et Phères, et Pagases, et Magnésie, il se tourna vers la Thrace; là il chassa des rois, il en établit d'autres; sur ces entrefaites il tomba malade; mais à peine rétabli, loin de se laisser aller à l'indolence, il attaqua sur-le-champ les Olynthiens. Et je ne parle pas de ses expéditions contre les Illyriens et les Péoniens, contre Arymbas, et en un mot partout.

Mais pourquoi tous ces détails? me dira-t-on; c'est pour que vous sachiez, Athéniens, pour que vous sentiez bien deux choses : combien est funeste cette nonchalance qui vous fait négliger successivement

καταστρέψεται Ὄλυνθον,
τίς φρασάτω ἐμοὶ
τί ἔσται τὸ κωλῦον ἔτι αὐτὸν
βαδίζειν ὅποι βούλεται.
V. Ἆρά γέ τις ὑμῶν,
ὦ ἄνδρες Ἀθηναῖοι,
λογίζεται καὶ θεωρεῖ τὸν τρόπον
διὰ ὃν Φίλιππος γέγονε μέγας,
ὢν ἀσθενὴς
τὸ κατὰ ἀρχάς;
Λαβὼν τὸ πρῶτον Ἀμφίπολιν,
μετὰ ταῦτα Πύδναν,
πάλιν Ποτίδαιαν,
αὖθις Μεθώνην,
εἶτα ἐπέβη Θετταλίας·
μετὰ ταῦτα εὐτρεπίσας
τρόπον ὃν ἐβούλετο,
Φερὰς, Παγασὰς,
Μαγνησίαν, πάντα,
ᾤχετο εἰς Θρᾴκην·
εἶτα ἐκεῖ ἐκβαλὼν τοὺς μὲν,
καταστήσας τοὺς δὲ τῶν βασιλέων,
ἠσθένησε·
ῥαΐσας πάλιν
οὐκ ἀπέκλινεν ἐπὶ τὸ ῥᾳθυμεῖν,
ἀλλὰ ἐπεχείρησεν εὐθὺς Ὀλυνθίοις.
Παραλείπω δὲ τὰς στρατείας αὐτοῦ
ἐπὶ Ἰλλυριοὺς καὶ Παίονας
καὶ πρὸς Ἀρύββαν,
καὶ ὅποι τις ἂν εἴποι.
Τί οὖν, εἴποι ἄν τις,
λέγεις ταῦτα ἡμῖν νῦν;
Ἵνα γνῶτε,
ὦ ἄνδρες Ἀθηναῖοι,
καὶ αἴσθησθε ἀμφότερα,
καὶ τὸ προΐεσθαι ἀεὶ
κατὰ ἕκαστον
τι τῶν πραγμάτων,
ὡς ἀλυσιτελὲς,
καὶ τὴν φιλοπραγμοσύνην,

soumettra Olynthe,
que quelqu'un ait dit (dise) à moi
quoi sera le empêchant encore lui
de marcher où il veut.
V. Est-ce-que du-moins quelqu'un de
ô hommes Athéniens, [vous,
calcule et considère la manière
par laquelle Philippe est devenu grand
étant faible
dès le commencement?
Ayant pris d'abord Amphipolis,
apres cela Pydna,
puis-encore Potidée,
puis-encore Méthone,
ensuite il marcha sur la Thessalie;
après cela ayant arrangé
de la manière que il voulait,
Phères, Pagases,
Magnésie, tout,
il passa en Thrace;
puis là ayant renversé les uns,
et ayant etabli les-autres des rois,
il tomba-malade;
bien-portant de nouveau
il ne declina pas vers le être-indolent,
mais attaqua aussitôt les Olynthiens.
Et j'omets les expéditions de lui
contre les Illyriens et les Peoniens
et contre Arymbas,
et où quelqu'un pourrait-dire.
Pourquoi donc, dira quelqu'un,
dis-tu *ces-choses* à nous maintenant?
afin que vous ayez connu
ô hommes Athéniens,
et ayez senti *ces* deux *choses*,
et le abandonner successivement
quant-à chacune
quelqu'une des affaires *se présentant*
combien *cela est* désavantageux,
et l'activité,

φιλοπραγμοσύνην, ᾗ χρῆται καὶ συζῇ Φίλιππος, ὑφ' ἧς οὐκ ἔστιν ὅπως ἀγαπήσας τοῖς πεπραγμένοις ἡσυχίαν σχήσει. Εἰ δ' ὁ μὲν, ὡς ἀεί τι μεῖζον τῶν ὑπαρχόντων δεῖ πράττειν, ἐγνωκὼς ἔσται, ὑμεῖς δὲ ὡς οὐδενὸς ἀντιληπτέον ἐῤῥωμένως τῶν πραγμάτων, σκοπεῖσθε εἰς τί ποτ' ἐλπὶς ταῦτα τελευτῆσαι. Πρὸς θεῶν, τίς οὕτως εὐήθης ἐστὶν ὑμῶν, ὅστις ἀγνοεῖ τὸν ἐκεῖθεν πόλεμον δεῦρο ἥξοντα, ἂν ἀμελήσωμεν; Ἀλλὰ μὴν εἰ τοῦτο γενήσεται, δέδοικα, ὦ ἄνδρες Ἀθηναῖοι, μὴ τὸν αὐτὸν τρόπον, ὥσπερ οἱ δανειζόμενοι ῥᾳδίως ἐπὶ τοῖς μεγάλοις τόκοις, μικρὸν εὐπορήσαντες χρόνον, ὕστερον καὶ τῶν ἀρχαίων [1] ἀπέστησαν, οὕτω καὶ ἡμεῖς, ἂν ἐπὶ πολλῷ [2] φανῶμεν ἐῤῥᾳθυμηκότες καὶ ἅπαντα πρὸς ἡδονὴν ζητοῦντες, πολλὰ καὶ χαλεπὰ ὧν οὐκ ἠβουλόμεθα ὕστερον εἰς ἀνάγκην ἔλθωμεν ποιεῖν, καὶ κινδυνεύσωμεν περὶ τῶν ἐν αὐτῇ τῇ χώρᾳ.

VI. Τὸ μὲν οὖν ἐπιτιμᾷν ἴσως φήσαι τις ἂν ῥᾴδιον καὶ παν-

chacune des occasions qui se présentent, et combien est ardente au contraire cette activité, l'âme et la vie de Philippe, qui ne lui permet jamais de se contenter de ce qu'il a déjà fait, et qui lui rend le repos impossible. Or si Philippe est déterminé à exécuter constamment des desseins de plus en plus vastes, et que vous, au contraire, vous soyez déterminés à ne rien embrasser avec vigueur, voyez quelle issue un tel contraste laisse à vos espérances! Dieux! qui de vous est assez simple pour ne pas voir que d'Olynthe la guerre viendra ici, si nous la négligeons? Et, si cela arrivait, Athéniens! Ah! je crains bien qu'alors, semblables à ces emprunteurs imprudents, qui, après s'être procuré à gros intérêts une aisance passagère, se voient enfin dépouillés de leur patrimoine, nous aussi, après avoir acheté bien cher l'indolence et la satisfaction de tous nos caprices, nous ne nous trouvions plus tard réduits à la nécessité d'exécuter à contre-cœur mille entreprises difficiles, et de trembler pour nos propres foyers.

VI. Le blâme est facile, me dira-t-on; il est à la portée du premier

ᾗ Φίλιππος χρῆται	de laquelle Philippe use
καὶ συζῇ,	et avec *laquelle* il vit, [sible que
ὑπὸ ἧς οὐκ ἔστιν ὅπως	par-suite de laquelle il n'est pas pos-
ἀγαπήσας τοῖς πεπραγμένοις	se contentant des-choses faites
σχήσει ἡσυχίαν.	il puisse-garder le repos.
Εἰ δὲ ὁ μὲν	Or si lui d'une part
ἔσται ἐγνωκὼς	sera ayant résolu
ὡς δεῖ πράττειν ἀεὶ	que il faut faire toujours [est,
τι μεῖζον τῶν ὑπαρχόντων,	quelque-chose plus grand *que* ce qui
μεῖς δὲ	et vous d'autre part
ὡς ἀντιληπτέον ἐρρωμένως	que il *ne* faut s'occuper fortement
ὐδενὸς τῶν πραγμάτων,	d'aucune des affaires,
κοπεῖσθε εἰς τί	considérez à quoi
λπὶς ταῦτα τελευτῆσαί ποτε.	espoir *est* cela avoir abouti enfin.
ρὸς θεῶν,	De-par les Dieux,
ίς ὑμῶν ἐστιν οὕτως εὐήθης,	qui de vous est si simple,
στις ἀγνοεῖ τὸν πόλεμον	lequel ignore la guerre
ξοντα ἐκεῖθεν δεῦρο,	devant venir de là ici,
ν ἀμελήσωμεν;	si nous aurons négligé *elle*?
λλὰ μὴν εἰ τοῦτο γενήσεται,	Mais pourtant si cela sera arrivé,
ἄνδρες Ἀθηναῖοι,	ô hommes Athéniens,
έδοικα, μὴ τὸν αὐτὸν τρόπον,	je crains que, *de* la même manière
σπερ οἱ δανειζόμενοι ῥᾳδίως	comme ceux empruntant facilement
πὶ τοῖς μεγάλοις τόκοις,	à de gros intérêts,
πορήσαντες	ayant-été-dans-l'abondance
ρόνον μικρὸν,	*pendant* un temps petit,
πέστησαν ὕστερον	ont été dépossédés plus-tard
αὶ τῶν ἀρχαίων,	même du fonds,
ὕτω καὶ ἡμεῖς,	de même aussi nous,
ν φανῶμεν ἐρρᾳθυμηκότες	si nous paraissions ayant été-indolents
πὶ πολλῷ	à beaucoup de *frais*
αὶ ζητοῦντες ἅπαντα πρὸς ἡδονὴν,	et cherchant tout en vue du plaisir,
θωμεν ὕστερον	nous ne venions plus-tard
ς ἀνάγκην ποιεῖν	dans la nécessité de faire
ολλὰ καὶ χαλεπὰ	des *choses* nombreuses et pénibles
ν οὐκ ἠβουλόμεθα,	de *celles* que nous ne voulions pas
αὶ κινδυνεύσωμεν	et *que* nous *ne* soyons-en-danger
ερὶ τῶν	pour les *biens*
τῇ χώρᾳ αὐτῇ.	dans *notre* pays même. [être
VI. Τίς οὖν ἂν φήσαι ἴσως	VI. Donc quelqu'un dirait peut-

τὸς εἶναι, τὸ δ' ὑπὲρ τῶν παρόντων ὅ τι δεῖ πράττειν ἀποφαίνεσθαι, τοῦτ' εἶναι συμβούλου. Ἐγὼ δὲ οὐκ ἀγνοῶ μὲν, ὦ ἄνδρες Ἀθηναῖοι, τοῦθ', ὅτι πολλάκις ὑμεῖς οὐ τοὺς αἰτίους, ἀλλὰ τοὺς ὑστάτους περὶ τῶν πραγμάτων εἰπόντας ἐν ὀργῇ ποιεῖσθε, ἄν τι μὴ κατὰ γνώμην ἐκβῇ. Οὐ μὴν οἴομαί [γε] δεῖν τὴν ἰδίαν ἀσφάλειαν σκοποῦνθ' ὑποστείλασθαι περὶ ὧν ὑμῖν συμφέρειν ἡγοῦμαι. Φημὶ δὴ διχῇ βοηθητέον εἶναι τοῖς πράγμασιν ὑμῖν, τῷ τε τὰς πόλεις[1] τοῖς Ὀλυνθίοις σώζειν καὶ τοὺς τοῦτο ποιήσοντας στρατιώτας ἐκπέμπειν, καὶ τῷ τὴν ἐκείνου χώραν κακῶς ποιεῖν καὶ τριήρεσι καὶ στρατιώταις ἑτέροις. Εἰ δὲ θατέρου τούτων ὀλιγωρήσετε, ὀκνῶ μὴ μάταιος ὑμῖν ἡ στρατεία γένηται. Εἴτε γὰρ, ὑμῶν τὴν ἐκείνου κακῶς ποιούντων, ὑπομείνας τοῦτο, Ὄλυνθον παραστήσεται, ῥᾳδίως ἐπὶ τὴν οἰκείαν ἐλθὼν ἀμυ-

venu ; mais indiquer les mesures nécessaires dans les circonstances du moment, c'est là le propre d'un conseiller. Je le sais; je sais aussi, Athéniens, que le plus souvent ce n'est pas sur les coupables, mais sur ceux qui ont parlé les derniers, que vous déchargez votre colère, quand les affaires n'ont pas tout le succès que vous attendiez. Néanmoins je ne crois pas devoir, par égard pour ma sûreté personnelle, taire ce qui me semble utile pour vous. Je dis donc qu'il faut un double secours : une première armée, pour sauver les villes olynthiennes; une seconde, avec des galères, pour ravager le territoire de Philippe. Si vous négligez l'un de ces deux moyens, je crains bien que votre expédition ne devienne stérile. En effet, si vous vous bornez à ravager le pays de Philippe, et que ce prince, sans s'en embarrasser, achève la conquête d'Olynthe, il lui sera facile à son retour de défendre ses propres États;

τὸ ἐπιτιμᾷν εἶναι μὲν ῥᾴδιον,	le blâmer être aisé il-est-vrai
καὶ παντός,	et de tout *homme* (du premier venu),
τὸ δὲ ἀποφαίνεσθαι	mais le démontrer
ὅ τι δεῖ πράττειν	ce que il faut faire
ὑπὲρ τῶν παρόντων,	au sujet des *circonstances* présentes,
τοῦτο εἶναι συμβούλου.	ceci être d'un conseiller.
Ἐγὼ δὲ οὐκ ἀγνοῶ μὲν τοῦτο,	Or moi je n'ignore pas d'une part ceci,
ὦ ἄνδρες Ἀθηναῖοι,	ô hommes Athéniens,
ὅτι πολλάκις ὑμεῖς	que souvent vous
ποιεῖσθε ἐν ὀργῇ	vous prenez en colère
οὐ τοὺς αἰτίους,	non *certes* les auteurs *du mal,*
ἀλλὰ τοὺς εἰπόντας ὑστάτους	mais ceux ayant parlé les derniers
περὶ τῶν πραγμάτων,	sur les affaires,
ἄν τι ἐκβῇ	si quelque-chose est arrivé
μὴ κατὰ γνώμην.	non selon *votre* attente.
Οὐ μὴν οἴομαί [γε] δεῖν	Je ne pense pourtant pas certes falloir
σκοποῦντα τὴν ἀσφάλειαν ἰδίαν	*moi* considérant la sûreté personnelle
ὑποστείλασθαι	reculer (hésiter à parler)
περὶ ὧν ἡγοῦμαι συμφέρειν ὑμῖν.	sur ce-que je pense être-utile à vous.
Φημὶ δὴ	Donc je déclare
εἶναι βοηθητέον τοῖς πράγμασι	devoir être porté-secours aux affaires
διχῇ ὑμῖν,	de-deux-manières par vous,
τῷ τε σώζειν τὰς πόλεις	et par le sauver les villes
τοῖς Ὀλυνθίοις	aux Olynthiens
καὶ ἐκπέμπειν τοὺς στρατιώτας	et envoyer les soldats
ποιήσοντας τοῦτο,	devant accomplir cela,
καὶ τῷ ποιεῖν κακῶς	et par le traiter mal
καὶ τριήρεσι	et avec des galères
καὶ ἑτέροις στρατιώταις	et avec d'autres soldats
τὴν χώραν ἐκείνου.	le pays de celui-là.
Εἰ δὲ ὀλιγωρήσετε	Mais si vous négligerez
θατέρου τούτων,	l'une-des-deux de ces *choses*,
ὀκνῶ μὴ ἡ στρατεία	je crains que l'expédition
γένηται μάταιος ὑμῖν.	ne soit devenue vaine pour vous.
Εἴτε γὰρ	Car et si,
ὑμῶν ποιούντων κακῶς	vous traitant mal
τὴν ἐκείνου,	le *pays* de lui,
ὑπομείνας τοῦτο,	supportant-patiemment cela,
παραστήσεται Ὄλυνθον,	il soumettra Olynthe,
ἐλθὼν ἐπὶ τὴν οἰκείαν	revenu vers son propre *pays*

νεῖται· εἴτε, βοηθησάντων μόνον ὑμῶν εἰς Ὄλυνθον, ἀκινδύνως ὁρῶν ἔχοντα τὰ οἴκοι, προσκαθεδεῖται καὶ προσεδρεύσει τοῖς πράγμασι, περιέσται τῷ χρόνῳ τῶν πολιορκουμένων. Δεῖ δὴ πολλὴν καὶ διχῇ τὴν βοήθειαν εἶναι.

Καὶ περὶ μὲν τῆς βοηθείας ταῦτα γιγνώσκω· περὶ δὲ χρημάτων πόρου, ἔστιν, ὦ ἄνδρες Ἀθηναῖοι, χρήματα ὑμῖν, ἔστιν[1] ὅσα οὐδενὶ τῶν ἄλλων ἀνθρώπων στρατιωτικά· ταῦτα δὲ ὑμεῖς οὕτως, ὡς βούλεσθε, λαμβάνετε. Εἰ μὲν οὖν ταῦτα τοῖς στρατευομένοις ἀποδώσετε, οὐδενὸς ὑμῖν προσδεῖ πόρου· εἰ δὲ μή, προσδεῖ, μᾶλλον δ' ἅπαντος ἐνδεῖ τοῦ πόρου. Τί οὖν, ἄν τις εἴποι, σὺ γράφεις ταῦτ' εἶναι στρατιωτικά; Μὰ Δί', οὐκ ἔγωγε. Ἐγὼ μὲν γὰρ ἡγοῦμαι στρατιώτας δεῖν κατασκευασθῆναι καὶ εἶναι στρατιωτικὰ καὶ μίαν σύνταξιν εἶναι τὴν αὐτὴν τοῦ τε λαμβάνειν καὶ τοῦ ποιεῖν τὰ δέοντα· ὑμεῖς δὲ οὕτω πως[2] ἄνευ

et si d'un autre côté vous vous contentez de secourir Olynthe, et que Philippe, voyant ses domaines en sûreté, reste devant la ville, et puisse épier à loisir toutes les occasions favorables, il finira avec le temps par triompher des assiégés. Il faut donc un secours puissant, et sur deux points à la fois.

Tel est mon avis sur le secours à porter. Quant à l'argent nécessaire, vous avez, Athéniens, vous avez plus de fonds militaires qu'aucun autre peuple ; mais ces fonds, vous les recevez à tel titre qu'il vous plaît. Rendez-les aux armées, et vous n'avez besoin d'aucune autre ressource ; sinon, vous avez besoin de ressources nouvelles, ou plutôt toutes ressources vous manquent à la fois. Eh quoi ! dira-t-on, oses-tu donc proposer formellement d'affecter ces fonds aux armées ? Moi ? Les Dieux m'en préservent ! Je pense seulement qu'il faut lever une armée, que vous avez des fonds pour la payer, que recevoir l'argent du trésor et en faire l'application nécessaire doit être en quelque sorte une seule et même chose. Pour vous, sans trop vous mettre en peine des affaires, vous recevez cet argent pour subvenir

ἀμυνεῖται ῥᾳδίως·	il *le* défendra facilement ;
εἴτε, ὑμῶν βοηθησάντων	et si, vous ayant secouru
μόνον εἰς Ὄλυνθον,	seulement vers Olynthe,
ὁρῶν τὰ οἴκοι	voyant les *choses* chez-lui
ἔχοντα ἀκινδύνως,	étant sans-danger,
προσκαθεδεῖται	il se placera-en-observation
καὶ προσεδρεύσει τοῖς πράγμασι,	et sera-à-l'affût des événements,
τῷ χρόνῳ περιέσται	avec le temps il triomphera
τῶν πολιορκουμένων.	des assiégés.
Δεῖ δὴ τὴν βοήθειαν	Donc il faut le secours
εἶναι πολλὴν καὶ διχῇ.	être abondant et *porté* doublement.
Καὶ περὶ τῆς βοηθείας μὲν	Et sur le secours d'une-part
γιγνώσκω ταῦτα·	je pense ces *choses ;*
περὶ δὲ πόρου χρημάτων,	puis, sur la contribution de fonds,
ἔστιν ὑμῖν χρήματα,	il est à vous des fonds,
ὦ ἄνδρες Ἀθηναῖοι,	ô hommes Athéniens,
ἔστι στρατιωτικὰ	il *en* est de destinés-aux-troupes
ὅσα οὐδενὶ	autant-que à aucun
τῶν ἄλλων ἀνθρώπων·	des autres hommes (peuples) ;
ὑμεῖς δὲ λαμβάνετε ταῦτα	mais vous, vous recevez ces *fonds*
οὕτως ὡς βούλεσθε.	ainsi comme vous voulez.
Εἰ οὖν μὲν ἀποδώσετε ταῦτα	Si donc d'une part vous rendrez eux
τοῖς στρατευομένοις,	à ceux portant-les-armes,
προσδεῖ ὑμῖν	il *n*'est besoin-en-outre à vous
οὐδενὸς πόρου·	d'aucune contribution ;
εἰ δὲ μή, προσδεῖ,	mais si non, besoin-est-en-outre,
μᾶλλον δὲ ἐνδεῖ	ou plutôt manque-absolu-existe
πόρου ἅπαντος.	de la contribution tout-entière.
Τί οὖν, εἴποι ἄν τις,	Quoi donc, pourra-dire quelqu'un,
σὺ γράφεις	toi tu proposes
ταῦτα εἶναι στρατιωτικά ;	ces *fonds* être affectés-aux-troupes ?
Μὰ Δία, οὐκ ἔγωγε.	Non *par* Jupiter, non moi du moins.
Ἐγὼ μὲν γὰρ ἡγοῦμαι	Moi en effet, il est vrai, je-pense
δεῖν στρατιώτας κατασκευασθῆναι,	falloir des soldats avoir été préparés,
καὶ στρατιωτικὰ εἶναι,	et des *fonds* affectés-aux-troupes être,
καὶ μίαν σύνταξιν εἶναι τὴν αὐτὴν	et un-seul système être le même
τοῦ τε λαμβάνειν	et *celui* du recevoir *des fonds*,
καὶ τοῦ ποιεῖν τὰ δέοντα·	et *celui* du faire le nécessaire ;
ὑμεῖς δὲ οὕτω πως	mais vous ainsi en-quelque-sorte
λαμβάνετε εἰς τὰς ἑορτὰς	vous recevez *des fonds* pour les fêtes

πραγμάτων λαμβάνετε εἰς τὰς ἑορτάς. Ἔστι δὴ λοιπὸν, οἶμαι, πάντας εἰσφέρειν, ἂν πολλῶν δέῃ, πολλὰ, ἂν ὀλίγων, ὀλίγα. Δεῖ δὲ χρημάτων, καὶ ἄνευ τούτων οὐδὲν ἔστι γενέσθαι τῶν δεόντων. Λέγουσι δὲ καὶ ἄλλους τινὰς ἄλλοι πόρους, ὧν ἕλεσθε, ὅστις ὑμῖν συμφέρειν δοκεῖ· καὶ ἕως ἐστὶ καιρὸς, ἀντιλάβεσθε τῶν πραγμάτων.

VII. Ἄξιον δὲ ἐνθυμηθῆναι καὶ λογίσασθαι τὰ πράγματα, ἐν ᾧ καθέστηκε νυνὶ τὰ Φιλίππου. Οὔτε γὰρ, ὡς δοκεῖ καὶ φήσειέ τις ἂν μὴ σκοπῶν ἀκριβῶς, εὐπρεπῶς οὐδ' ὡς ἂν κάλλιστ' αὐτῷ τὰ παρόντ' ἔχει· οὔτ' ἂν ἐξήνεγκε τὸν πόλεμόν ποτε τοῦτον ἐκεῖνος, εἰ πολεμεῖν ᾠήθη δεήσειν αὐτόν· ἀλλ' ὡς ἐπιὼν, ἅπαντα τότε ἤλπιζε τὰ πράγματα ἀναιρήσεσθαι, κᾆτα διέψευσται. Τοῦτο δὴ πρῶτον αὐτὸν ταράττει παρὰ γνώμην γεγονὸς, καὶ πολλὴν ἀθυμίαν αὐτῷ παρέχει, εἶτα τὰ τῶν Θετταλ-

aux frais de vos fêtes. Je ne vois plus alors d'autre parti que de contribuer tous, pour beaucoup, si les besoins de l'État sont considérables, pour peu, s'ils le sont moins. Car il faut des fonds, et sans ces fonds il est impossible de rien faire de ce qu'il faut. Mais d'autres orateurs vous indiquent d'autres ressources; choisissez donc celles qui vous semblent les plus avantageuses, et, tandis qu'il en est temps encore, hâtez-vous d'agir.

VII. Il est une chose qui mérite aussi d'être mûrement examinée et appréciée à sa juste valeur : c'est la situation actuelle des affaires de Philippe. Non, sa fortune présente n'est ni aussi belle ni aussi brillante que pourrait le croire et l'affirmer un observateur superficiel, et jamais ce prince n'eût entrepris cette guerre, s'il eût cru être obligé de la soutenir : en fondant sur Olynthe, il se flattait de tout réduire aussitôt sous ses lois, et en cela il s'est trompé. Or cette déception d'abord le trouble et le jette dans un grand découragement, et d'un autre côté les dispositions des Thessaliens ne l'inquiètent pas moins. En effet,

ἄνευ πραγμάτων	abstraction-faite des affaires.
Ἔστι δὴ λοιπὸν, οἶμαι,	Donc il est de-reste, je pense,
πάντας εἰςφέρειν πολλὰ,	tous apporter beaucoup
ἂν δέῃ πολλῶν,	si il est besoin de beaucoup,
ὀλίγα, ἂν ὀλίγων.	peu, si *il est besoin* de peu.
Δεῖ δὲ χρημάτων,	Mais il est besoin de fonds,
καὶ ἄνευ τούτων	et sans eux
οὐδὲν τῶν δεόντων	aucune des *choses* nécessaires
ἔστι γενέσθαι.	n'est à être arrivée (ne peut se faire).
Ἄλλοι δὲ λέγουσι καὶ	Cependant d'autres indiquent encore
τινὰς ἄλλους πόρους,	quelques autres ressources-de-fonds
ὧν ἕλεσθε	desquelles choisissez
ὅστις δοκεῖ συμφέρειν ὑμῖν·	laquelle semble être-utile à vous ;
καὶ ἀντιλάβεσθε τῶν πραγμάτων,	et emparez-vous des affaires,
ἕως καιρός ἐστιν.	tandis que temps est *encore*.
VII. Ἄξιον δὲ	VII. De plus *il est* valant-la-peine
ἐνθυμηθῆναι	de s'être-mis-dans-l'esprit
καὶ λογίσασθαι τὰ πράγματα,	et d'avoir calculé les affaires,
ἐν ᾧ τὰ Φιλίππου	dans quel *état* celles de Philippe
καθέστηκε νῦν.	sont établies maintenant.
Οὔτε γὰρ τὰ παρόντα	Car ni les *circonstances* présentes
ἔχει αὐτῷ εὐπρεπῶς,	*ne* sont pour lui brillamment,
ὡς δοκεῖ	comme *cela* semble
καί τις ἂν φήσειε	et *comme* quelqu'un aurait dit
μὴ σκοπῶν ἀκριβῶς,	n'examinant pas exactement,
οὐδὲ ὡς ἂν κάλλιστα·	ni comme *elles seraient* le mieux ;
οὔτε ἐκεῖνός ποτε	ni celui-là jamais
ἐξήνεγκεν ἂν τοῦτον τὸν πόλεμον,	n'eût porté cette guerre,
εἰ ᾠήθη δεήσειν	s'il eût cru devoir-falloir
αὐτὸν πολεμεῖν·	lui-même faire-la-guerre.
ἀλλὰ ἤλπιζε τότε	Mais il espérait alors
ἀναιρήσεσθαι	devoir emporter
ἅπαντα τὰ πράγματα,	toutes les affaires,
ὡς ἐπιών,	dès en arrivant *sur Olynthe*,
καὶ εἶτα διέψευσται.	et puis il s'est trompé.
Τοῦτο δὴ πρῶτον ταράττει αὐτόν,	Or ceci d'abord trouble lui,
γεγονὸς παρὰ γνώμην,	étant arrivé contre *son* opinion,
καὶ παρέχει αὐτῷ	et fournit à lui
πολλὴν ἀθυμίαν,	un grand découragement,
εἶτα τὰ τῶν Θετταλῶν.	puis les *choses* des Thessaliens *aussi*.

λῶν. Ταῦτα [1] γὰρ ἄπιστα μὲν ἦν δήπου φύσει καὶ ἀεὶ πᾶσιν ἀνθρώποις, κομιδῇ δ', ὥσπερ ἦν, καὶ ἔστι νῦν τούτῳ. Καὶ γὰρ Παγασὰς [2] ἀπαιτεῖν αὐτόν εἰσιν ἐψηφισμένοι, καὶ Μαγνησίαν κεκωλύκασι τειχίζειν. Ἤκουον δ' ἔγωγέ τινων, ὡς οὐδὲ τοὺς λιμένας καὶ τὰς ἀγορὰς ἔτι δώσοιεν αὐτῷ καρποῦσθαι· τὰ γὰρ κοινὰ τὰ Θετταλῶν ἀπὸ τούτων δέοι διοικεῖν, οὐ Φίλιππον λαμβάνειν. Εἰ δὲ τούτων ἀποστερηθήσεται τῶν χρημάτων, εἰς στενὸν [3] κομιδῇ τὰ τῆς τροφῆς τοῖς ξένοις αὐτῷ καταστήσεται. Ἀλλὰ μὴν τόν γε Παίονα, καὶ τὸν Ἰλλυριὸν, καὶ ἁπλῶς τούτους ἅπαντας ἡγεῖσθαι χρὴ αὐτονόμους [4] ἥδιον ἂν καὶ ἐλευθέρους ἢ δούλους εἶναι· καὶ γὰρ ἀήθεις τοῦ κατακούειν τινός εἰσι, καὶ ἄνθρωπος ὑβριστὴς, ὥς φασι. Καὶ μὰ Δί' οὐδὲν ἄπιστον ἴσως· τὸ γὰρ εὖ πράττειν παρὰ τὴν ἀξίαν ἀφορμὴ τοῦ κακῶς φρονεῖν

naturellement et de tout temps perfides envers tous les hommes, les Thessaliens sont plus que jamais aujourd'hui pour Philippe ce qu'ils ont toujours été : ils ont décrété de lui redemander Pagases, et l'ont empêché de fortifier Magnésie ; j'ai même entendu dire à quelques-uns d'entre eux qu'ils allaient lui refuser désormais les revenus de leurs ports et de leurs marchés, jugeant plus convenable d'affecter ces revenus à l'administration de l'État, que de les livrer à la cupidité de Philippe. Or, si ces ressources viennent à lui manquer, il sera fort embarrassé de pourvoir à l'entretien des étrangers qu'il soudoie. De plus il est à croire que les Péoniens, que les Illyriens, que tous ces peuples en un mot préféreraient volontiers l'indépendance et la liberté à l'esclavage ; car ils ne sont pas habitués à obéir, et cet homme est, disent-ils, un maître hautain et insolent. Et, par Jupiter ! cette inculpation n'a rien de bien incroyable : car un succès non mérité devient aisément pour l'insensé la source d'un coupable orgueil, ce qui fait

Ταῦτα μὲν γὰρ δήπου	Car d'une part certes ces *choses*
ἦν φύσει καὶ ἀεὶ	furent naturellement et toujours
ἄπιστα πᾶσιν ἀνθρώποις,	perfides pour tous les hommes,
νῦν δὲ καὶ,	d'autre part maintenant encore,
ὥςπερ ἦν,	comme elles furent *de tout temps*,
ἔστι κομιδῇ τούτῳ.	elles *le* sont tout-à-fait pour lui.
Καὶ γάρ εἰσιν ἐψηφισμένοι	Et en effet ils sont ayant décrété
ἀπαιτεῖν αὐτὸν Παγασάς,	de redemander à lui Pagases,
καὶ κεκωλύκασι	et ont empêché
τειχίζειν Μαγνησίαν.	de fortifier Magnésie.
Ἔγωγε δὲ ἤκουόν τινων	Et moi j'ai appris de quelques uns
ὡς οὐδὲ δώσοιεν ἔτι αὐτῷ	que ils ne donneraient plus à lui
καρποῦσθαι	pour *y* recueillir-des-produits
τοὺς λιμένας	les ports
καὶ τὰς ἀγοράς·	et (ni) les marchés;
δέοι γὰρ	*que* en effet il faut
διοικεῖν ἀπὸ τούτων	administrer avec cela
τὰ κοινὰ	les *affaires* publiques
τὰ Θετταλῶν,	celles des Thessaliens,
οὐ Φίλιππον λαμβάνειν.	*et* non Philippe percevoir *cela*.
Εἰ δὲ ἀποστερηθήσεται	Or si il sera privé
τούτων τῶν χρημάτων,	de ces revenus,
τὰ τῆς τροφῆς τοῖς ξένοις	les *frais* des vivres pour les étrangers
καταστήσεται αὐτῷ	seront établis pour lui
κομιδῇ εἰς στενόν.	tout-à-fait à l'étroit.
Ἀλλὰ μὴν χρὴ ἡγεῖσθαι	Mais de plus il faut penser
τὸν Παίονά γε καὶ τὸν Ἰλλυριὸν	le Péonien du moins et l'Illyrien
καὶ ἁπλῶς ἅπαντας τούτους	et en un mot tous ceux-ci
ἂν εἶναι ἥδιον	devoir être plus volontiers
αὐτονόμους καὶ ἐλευθέρους	indépendants et libres
ἢ δούλους·	que esclaves;
καὶ γάρ εἰσιν ἀήθεις	et en effet ils sont sans-l'habitude
τοῦ κατακούειν τινός,	d'obéir à quelqu'un,
καὶ ἄνθρωπος ὑβριστής,	et *cet* homme *est* insolent,
ὥς φασι.	comme ils disent.
Καὶ μὰ Δία	Et, non par Jupiter,
οὐδὲν ἄπιστον ἴσως·	rien *là* d'incroyable sans-doute;
τὸ γὰρ εὖ πράττειν παρὰ τὴν ἀξίαν	car le bien réussir au delà du mérite
γίγνεται τοῖς ἀνοήτοις	devient pour les insensés
ἀφορμὴ τοῦ φρονεῖν κακῶς·	le point-de-départ de penser mal;

τοῖς ἀνοήτοις γίγνεται· διόπερ πολλάκις δοκεῖ τὸ φυλάξαι τἀγαθὰ τοῦ κτήσασθαι χαλεπώτερον εἶναι.

VIII. Δεῖ τοίνυν ὑμᾶς, ὦ ἄνδρες Ἀθηναῖοι, τὴν ἀκαιρίαν τὴν ἐκείνου καιρὸν ὑμέτερον νομίσαντας, ἑτοίμως συνάρασθαι τὰ πράγματα, καὶ πρεσβευομένους ἐφ' ἃ δεῖ, καὶ στρατευομένους αὐτοὺς καὶ παροξύνοντας τοὺς ἄλλους ἅπαντας, λογιζομένους, εἰ Φίλιππος λάβοι καθ' ἡμῶν τοιοῦτον καιρὸν, καὶ πόλεμος γένοιτο πρὸς τῇ χώρᾳ, πῶς ἂν αὐτὸν οἴεσθε ἑτοίμως ἐφ' ἡμᾶς ἐλθεῖν; Εἶτ' οὐκ αἰσχύνεσθε, εἰ μηδ' ἃ πάθοιτ' ἄν, εἰ δύναιτ' ἐκεῖνος, ταῦτα ποιῆσαι καιρὸν ἔχοντες οὐ τολμήσετε;

Ἔτι τοίνυν, ὦ ἄνδρες Ἀθηναῖοι, μηδὲ τοῦθ' ὑμᾶς λανθανέτω, ὅτι νῦν αἵρεσίς ἐστιν ὑμῖν, πότερ' ὑμᾶς ἐκεῖ χρὴ πολεμεῖν, ἢ παρ' ὑμῖν ἐκεῖνον. Ἐὰν μὲν γὰρ ἀντέχῃ τὰ τῶν Ὀλυνθίων, ὑμεῖς ἐκεῖ πολεμήσετε, καὶ τὴν ἐκείνου κακῶς ποιήσετε, τὴν ὑπάρχουσαν [1] καὶ τὴν οἰκείαν ταύτην ἀδεῶς καρπούμενοι· ἂν δ' ἐκεῖνα Φίλιππος λάβῃ, τίς αὐτὸν ἔτι κωλύσει δεῦρο

même qu'il est souvent plus difficile de conserver des biens que de les acquérir.

VIII. Vous devez donc, Athéniens, regarder comme favorable pour vous l'occasion qui lui est défavorable, et venir avec empressement en aide aux circonstances; envoyez des ambassadeurs partout où leur présence est nécessaire; entrez vous-mêmes en campagne; excitez par votre exemple tous les autres peuples de la Grèce; représentez-vous Philippe trouvant contre nous une occasion aussi belle que celle-ci, celle d'une guerre sur nos frontières : avec quelle ardeur ne pensez-vous pas qu'il la saisit pour fondre sur nous? Et vous ne rougissez pas de n'oser lui faire, quand l'occasion s'en présente, tout le mal que vous auriez à souffrir, s'il le pouvait?

Enfin n'oubliez pas non plus, Athéniens, que c'est à vous de choisir aujourd'hui si vous voulez l'attaquer dans ses foyers ou être attaqués par lui dans les vôtres. Car si Olynthe résiste, c'est chez lui que vous le combattrez, et, tandis que vous ravagerez son pays, vous jouirez avec sécurité du vôtre propre et de toutes ses dépendances; si, au contraire, Philippe s'empare de cette ville, qui l'empêchera ensuite de se

διόπερ πολλάκις
τὸ φυλάξαι τὰ ἀγαθὰ
δοκεῖ εἶναι χαλεπώτερον
τοῦ κτήσασθαι.
VIII. Δεῖ τοίνυν ὑμᾶς,
ὦ ἄνδρες Ἀθηναῖοι,
νομίσαντας ὑμέτερον καιρὸν
τὴν ἀκαιρίαν τὴν ἐκείνου,
συνάρασθαι τὰ πράγματα ἑτοίμως
καὶ πρεσβευομένους
ἐπὶ ἃ δεῖ,
καὶ στρατευομένους αὐτοὺς
καὶ παροξύνοντας ἅπαντας τοὺς [ἄλλους,
λογιζομένους,
εἰ Φίλιππος λάβοι
καιρὸν τοιοῦτον κατὰ ἡμῶν,
καὶ πόλεμος γένοιτο
πρὸς τῇ χώρᾳ,
πῶς ἑτοίμως
οἴεσθε αὐτὸν
ἂν ἐλθεῖν ἐπὶ ἡμᾶς;
Εἶτα οὐκ αἰσχύνεσθε,
εἰ ἔχοντες καιρὸν
οὐ τολμήσετε ποιῆσαι
μηδὲ ταῦτα ἃ πάθοιτε ἄν,
εἰ ἐκεῖνος δύναιτο;
Ἔτι τοίνυν,
ὦ ἄνδρες Ἀθηναῖοι,
μηδὲ τοῦτο λανθανέτω ὑμᾶς,
ὅτι αἵρεσίς ἐστιν ὑμῖν νῦν,
πότερα χρὴ
ὑμᾶς πολεμεῖν ἐκεῖ,
ἢ ἐκεῖνον παρὰ ὑμῖν.
Ἐὰν μὲν γὰρ
τὰ τῶν Ὀλυνθίων ἀντέχῃ,
ὑμεῖς πολεμήσετε ἐκεῖ,
καὶ ποιήσετε κακῶς τὴν ἐκείνου,
καρπούμενοι ἀδεῶς ταύτην
τὴν ὑπάρχουσαν καὶ τὴν οἰκείαν
ἂν δὲ Φίλιππος λάβῃ ἐκεῖνα,

c'est-pourquoi souvent
le avoir conservé les biens *acquis*
semble être plus difficile
que le avoir acquis.
VIII. Il faut donc vous,
ô hommes Athéniens, [favorable
ayant regardé-comme votre temps-
le contre-temps celui de lui,
avoir aidé les affaires avec-ardeur
et en envoyant-des-députés
vers les lieux vers lesquels il faut,
et en faisant-la-guerre vous-mêmes.
et en excitant tous les autres,
considérant,
si Philippe pouvait-avoir-saisi
une occasion telle contre nous,
et *si* la guerre était
près de *notre* pays,
combien avec-empressement
pensez-vous lui
devoir venir contre nous?
Ensuite vous *ne* rougissez pas,
si ayant l'occasion
vous n'oserez pas avoir fait [fert,
pas même ce que vous auriez souf-
si celui-là pouvait?
Et de plus encore,
ô hommes Athéniens,
que ceci n'échappe pas à vous,
que choix est à vous maintenant,
lequel-des-deux il faut,
vous faire-la-guerre là,
ou celui-là chez vous.
Car si d'une part
les *choses* des Olynthiens résistent,
vous, vous ferez-la-guerre là,
et traiterez mal le *pays* de lui,
exploitant sans-crainte celui-ci,
celui soumis *à vous* et le propre;
mais si Philippe a pris celles-là,

βαδίζειν; Θηβαῖοι; μὴ λίαν πικρὸν εἰπεῖν ᾖ, καὶ συνεισβαλοῦσιν ἑτοίμως[1]. Ἀλλὰ Φωκεῖς[2]; οἱ τὴν οἰκείαν οὐχ οἷοί τε ὄντες φυλάττειν, ἐὰν μὴ βοηθήσηθ' ὑμεῖς. Ἢ ἄλλος τις; Ἀλλ', ὦ τᾶν, οὐχὶ βουλήσεται. Τῶν ἀτοπωτάτων μέντ' ἂν εἴη, εἰ, ἃ νῦν ἄνοιαν ὀφλισκάνων[3] ὅμως ἐκλαλεῖ, ταῦτα δυνηθεὶς μὴ πράξει. Ἀλλὰ μὴν ἡλίκα γ' ἐστὶ τὰ διάφορα ἐνθάδε ἢ ἐκεῖ πολεμεῖν, οὐδὲ λόγου προσδεῖν ἡγοῦμαι. Εἰ γὰρ ὑμᾶς δεήσειεν αὐτοὺς τριάκοντα ἡμέρας μόνας ἔξω γενέσθαι, καὶ ὅσα ἀνάγκη στρατοπέδῳ χρωμένους τῶν ἐκ τῆς χώρας λαμβάνειν, μηδενὸς ὄντος ἐν αὐτῇ πολεμίου λέγω, πλέον ἂν οἶμαι ζημιωθῆναι τοὺς γεωργοῦντας[4] ὑμῶν, ἢ ὅσα[5] εἰς ἅπαντα τὸν πρὸ τοῦ πόλεμον δεδαπάνησθε. Εἰ δὲ δὴ πόλεμός τις ἥξει, πόσα χρὴ νομίσαι ζημιωθή-

jeter sur l'Attique? Les Thébains? C'est cruel à dire, mais eux aussi seront tout disposés à s'élancer avec lui contre nous. Les Phocéens? eux qui sont dans l'impuissance de garder leurs propres foyers, si vous n'allez à leur secours! Sera-ce enfin quelque autre peuple?... Mais, mon cher, me dira-t-on, Philippe n'en aura pas la volonté. Avouons pourtant que ce serait une chose des plus étranges que ces projets, qu'il publie hautement aujourd'hui au risque de passer pour un insensé, il ne les réalisât pas, quand il en aura le pouvoir. Quant à l'immense différence qu'il y a pour vous entre combattre ici ou combattre là-bas, je ne pense pas qu'il soit besoin de beaucoup de paroles pour vous la démontrer. Supposez en effet qu'il vous fallût, pendant trente jours seulement, camper hors de ces murs, et tirer des produits de votre territoire tout ce qu'exige l'entretien d'une armée (et ici ce n'est point d'une armée ennemie que je parle), le dommage de vos cultivateurs excéderait, je n'en doute pas, toutes les dépenses que la guerre vous a occasionnées jusqu'à ce jour. Si maintenant le théâtre des hostilités est transporté ici, calculez jusqu'où s'étendra ce dommage.

τίς κωλύσει ἔτι	qui empêchera encore
αὐτὸν βαδίζειν δεῦρο;	lui marcher ici ?
Θηβαῖοι;	Les Thébains?
μὴ ᾖ λίαν πικρὸν εἰπεῖν,	que ce ne soit pas trop amer à dire,
καὶ ἑτοίμως	*eux* aussi volontiers
συνεισβαλοῦσιν.	se jetteront-avec-*lui*-sur *nous*.
Ἀλλὰ Φωκεῖς;	Mais les Phocéens ?
οἱ οὐκ ὄντες οἷοί τε	ceux n'étant pas capables
φυλάττειν τὴν οἰκείαν,	de garder le propre *pays d'eux*,
ἐὰν ὑμεῖς μὴ βοηθήσητε.	si vous n'aurez secouru *eux*.
Ἤ τις ἄλλος;	Ou bien quelque autre ?
Ἀλλὰ, ὦ τᾶν,	Mais, ô *mon* cher,
οὐχὶ βουλήσεται.	il ne voudra pas.
Ἂν εἴη μέντοι	*Ce* serait pourtant
τῶν ἀτοπωτάτων,	*chose* des plus inconséquentes,
εἰ δυνηθεὶς μὴ πράξει	si, *le* pouvant, il ne fera pas
ταῦτα ἃ νῦν	ce que maintenant
ἐκλαλεῖ ὅμως,	il annonce-hautement néanmoins,
ὀφλισκάνων ἄνοιαν.	encourant-le-reproche de folie.
Ἀλλὰ μὴν ἡλίκα γε	Mais certes combien-grandes
τὰ διάφορα ἐστὶ	les différences sont
πολεμεῖν ἐνθάδε ἢ ἐκεῖ,	*entre* combattre ici ou là,
οὐδὲ ἡγοῦμαι	je ne pense même-pas
προσδεῖν λόγου.	être-besoin-en-outre de paroles.
Εἰ γὰρ δεήσειεν ὑμᾶς αὐτοὺς	Si en-effet il fallait vous mêmes
γενέσθαι ἔξω	avoir été hors *de vos murs*
τριάκοντα ἡμέρας μόνας,	trente jours seuls, [*vous*
καὶ λαμβάνειν τῶν ἐκ τῆς χώρας	et prendre des *choses* du territoire *de*
ὅσα ἀνάγκη	tout-ce-que nécessité *est*
χρωμένους στρατοπέδῳ,	*ceux* se servant d'une armée *prendre*,
λέγω μηδενὸς πολεμίου	je dis même-nul ennemi
ὄντος ἐν αὐτῇ,	*n*'étant dans lui,
οἶμαι τοὺς γεωργοῦντας ὑμῶν	je pense les cultivateurs de vous
ζημιωθῆναι ἂν πλέον	devoir éprouver-dommage plus
ἢ ὅσα δεδαπάνησθε	que tout ce que vous avez dépensé
εἰς ἅπαντα τὸν πόλεμον	pour toute la guerre
πρὸ τοῦ.	avant cela.
Εἰ δὲ δή τις πόλεμος ἥξει,	Or certes si quelque guerre viendra,
πόσα χρὴ νομίσαι	en combien de choses faut-il penser
ζημιωθήσεσθαι,	*eux* devoir éprouver-du-dommage ?

σεσθαι; καὶ προσέσθ' ἡ ὕβρις καὶ ἔτι ἡ τῶν πραγμάτων αἰσχύνη, οὐδεμιᾶς ἐλάττων ζημίας τοῖς γε σώφροσι.

IX. Πάντα δὴ ταῦτα δεῖ συνιδόντας ἅπαντας βοηθεῖν, καὶ ἀπωθεῖν ἐκεῖσε[1] τὸν πόλεμον· τοὺς μὲν εὐπόρους, ἵν' ὑπὲρ τῶν πολλῶν ὧν καλῶς ποιοῦντες [2] ἔχουσι, μικρὰ ἀναλίσκοντες τὰ λοιπὰ καρπῶνται ἀδεῶς· τοὺς δ' ἐν ἡλικίᾳ, ἵνα τὴν τοῦ πολεμεῖν ἐμπειρίαν ἐν τῇ τοῦ Φιλίππου χώρᾳ κτησάμενοι, φοβεροὶ φύλακες τῆς οἰκείας ἀκεραίου γένωνται· τοὺς δὲ λέγοντας, ἵν' αἱ τῶν πεπολιτευμένων αὐτοῖς εὐθύναι ῥᾴδιαι γένωνται, ὡς, ὁποῖ' ἄττ' ἂν ὑμᾶς περιστῇ τὰ πράγματα, τοιοῦτοι κριταὶ καὶ τῶν πεπραγμένων αὐτοῖς ἔσεσθε. Χρηστὰ δ' εἴη παντὸς εἵνεκα.[3]

Ajoutez-y l'outrage; ajoutez-y encore la honte, qui, aux yeux de tout homme sensé, n'est pas moins cruelle qu'aucun dommage matériel.

IX. Par toutes ces considérations à la fois, Athéniens, volons tous au secours d'Olynthe, et refoulons la guerre dans le pays ennemi; les riches, afin qu'en sacrifiant une petite partie de ces biens considérables qu'ils possèdent pour leur bonheur, ils s'assurent la tranquille jouissance du reste; les citoyens en âge de porter les armes, afin qu'après avoir acquis dans le pays de Philippe l'expérience de la guerre, ils deviennent les redoutables défenseurs des limites respectées de leur patrie; les orateurs, afin que le compte de leur administration soit plus facile à rendre pour eux, puisque, telle sera l'issue des affaires, tel sera aussi le jugement que vous rendrez sur leur gestion. Puisse le succès nous être assuré par les efforts de tous!

Καὶ προσέσται ἡ ὕβρις	Et *à cela* se joindra l'outrage
καὶ ἔτι ἡ αἰσχύνη τῶν πραγμάτων,	et de-plus la honte des affaires,
ἐλάττων οὐδεμιᾶς ζημίας	*mal* non moindre qu'aucune perte
τοῖς σώφροσί γε.	pour les sensés du moins.
IX. Δεῖ δὴ	IX. Donc il faut *vous*
συνιδόντας ταῦτα πάντα	ayant vu-à-la-fois tout cela
βοηθεῖν ἅπαντας,	secourir tous *Olynthe*,
καὶ ἀπωθεῖν ἐκεῖσε τὸν πόλεμον·	et repousser là-bas la guerre :
τοὺς εὐπόρους μὲν,	ceux bien-pourvus d'une part,
ἵνα ἀναλίσκοντες μικρὰ	afin que, *en* dépensant peu
ὑπὲρ τῶν πολλῶν	en-vue des *biens* nombreux
ὧν ἔχουσι ποιοῦντες καλῶς,	que ils ont faisant bien(étant heureux),
καρπῶνται τὰ λοιπὰ ἀδεῶς·	ils jouissent du reste sans-crainte;
τοὺς δὲ ἐν ἡλικίᾳ,	ceux en âge *de porter les armes*,
ἵνα κτησάμενοι	afin que, ayant acquis
ἐν τῇ χώρᾳ τοῦ Φιλίππου	dans le pays de Philippe
τὴν ἐμπειρίαν τοῦ πολεμεῖν,	l'expérience de faire-la-guerre,
γένωνται φύλακες φοβεροὶ	ils soient devenus gardiens terribles
τῆς οἰκείας ἀκεραίου·	du *leur* propre *resté* intact;
τοὺς δὲ λέγοντας,	et ceux parlant,
ἵνα αἱ εὐθύναι	afin que les comptes
τῶν πεπολιτευμένων αὐτοῖς	des *choses* administrées par eux
γένωνται ῥᾴδιαι,	soient devenus faciles,
ὡς, ὁποῖα ἄττα τὰ πράγματα	puisque, telles les affaires
ἂν περιστῇ ὑμᾶς,	auront entouré vous,
τοιοῦτοι κριταὶ καὶ ἔσεσθε	tels juges aussi vous serez
τῶν πεπραγμένων αὐτοῖς.	des *choses* faites par eux.
Εἴη δὲ χρηστὰ	Et que *ces choses* soient bonnes
εἵνεκα παντός.	en-ce-qui-dépend-de tout *citoyen*.

NOTES

SUR LA PREMIÈRE OLYNTHIENNE.

Page 4. — 1. Ἐσκεμμένος. Le moyen σκέψασθαι, comme le *meditari* des Latins, se dit d'un discours préparé à l'avance.

2. Μονονουχὶ λέγει, *ne* fait *que ne pas* dire, dit *presque*. Les Latins emploient *tantum non* de la même manière.

Page 6. — 1. Ὅπως ἐνθένδε βοηθήσητε. Les armées d'Athènes étaient trop souvent composées de mercenaires au lieu de citoyens. Démosthène veut que, pour assurer le succès de l'expédition, ce soient des citoyens qui marchent eux-mêmes au secours d'Olynthe.

2. Παρασπάσηται indique bien l'action de quelqu'un qui, comme Philippe, tire toujours à soi, pour arracher à son profit tout ce qu'il peut.— Τὰ ὅλα πράγματα, *summa rerum*, la domination universelle, à laquelle tend Philippe, en l'arrachant morceau par morceau (τι).

Page 8. — 1. Πρὸς δὲ τὰς καταλλαγάς, ἃς ἂν ἐκ... Ce passage prouve que les Olynthiens étaient depuis longtemps déjà en guerre avec Philippe, et que cette Olynthienne ne saurait être la première, comme on l'a pensé longtemps.

2. Ἅ τ' Ἀμφιπολιτῶν ἐποίησε τοὺς παραδ... Philippe, devenu maître d'Amphipolis et de Pydna par la trahison, se défit des traîtres par l'exil ou par la mort. L'exemple fut du reste perdu pour les Olynthiens, dont la ville tomba également au pouvoir de Philippe par la trahison de deux de ses citoyens, Euthycrate et Lasthène.

Page 10. — 1. Μέχρι του (pour τινός), sous-ent. χρόνου, pour un certain temps seulement.

2. Εὐβοεῦσι βεβοηθηκότες. Neuf ans avant cette harangue, en 357, l'Eubée s'était divisée en deux factions, dont l'une avait réclamé le secours de Thèbes, l'autre celui d'Athènes.

3. Καὶ παρῆσαν Ἀμφιπ. Ἱέρ... Les députés étrangers montaient à la tribune pour exposer leur commission et se faire mieux entendre. Hiérax et Stratoclès, au nom d'Amphipolis, offraient de se remettre, eux et leur ville, sous la protection d'Athènes ; mais Athènes rejeta

l'offre, de peur de rompre la paix conclue avec Philippe l'année d'auparavant.

4. Τὴν αὐτὴν... προθυμίαν, ἥνπερ ὑπὲρ τῆς Εὐβ. σωτ. En trois jours, selon Démosthène (Phil. I, 5), en cinq, selon Eschine (Contr. Ctésiph.), les Athéniens s'étaient trouvés prêts pour l'expédition de l'Eubée.

Page 12. — 1. Πύδνα, ville de Macédoine; Ποτίδαια, Μεθώνη, villes de Thrace; Παγασαί, ville maritime de Thessalie.

2. Ὑπηργμένων, de ὑπάρχω, mot très-significatif pour peindre la bienveillance des dieux; il se dit des services qu'on rend *le premier* à quelqu'un, avant d'en avoir encore reçu de lui.

Page 16. — 1. Ἀμφίπολιν... Πύδναν... Ποτίδαιαν... Ces villes furent prises par Philippe en 358. Μεθώνην... Θετταλ... Φερὰς, Παγασ., Μαγν., en 353. L'invasion de la Thrace commence à la même date.

2. Ἐκεῖ τοὺς μὲν ἐκβαλὼν, τοὺς δὲ καταστήσας τῶν βασιλέων. Philippe chassa Térès et Cersoblepte, et mit à leur place d'autres rois, peut-être Amadocus et Bérisade, frères de Cersoblepte.

3. Τὰς δ' ἐπ' Ἰλλυριοὺς καὶ Παίονας... στρατείας. V. Philippiq. I, 15.

4. Πρὸς Ἀρύμβαν. Arymbas, fils d'Alcétas, roi d'Épire et frère de Néoptolème, dont Philippe avait épousé la fille, connue sous le nom d'Olympias. Après la mort du père, Arymbas, comme aîné, devait régner seul; mais Philippe l'obligea à partager la royauté avec Néoptolème (352).

Page 18. — 1. Τῶν ἀρχαίων, les biens patrimoniaux, qui sont la base (ἀρχή) du revenu.

2. Ἐπὶ πολλῷ est tout à fait la même idée que ἐπὶ τοῖς μεγάλοις τόκοις. Si nous achetons l'indolence à de gros intérêts, c'est-à-dire au prix de pertes continuelles, ces pertes finiront, en se répétant, par nous dépouiller complétement de nos possessions nationales, ἀρχαῖα.

Page 20. — 1. Τῷ τε τὰς πόλεις τοῖς Ὀλ. σώζ. Il s'agit des trente-deux villes alliées d'Olynthe, par l'attaque desquelles Philippe avait commencé les hostilités contre cette dernière.

Page 22. — 1. Ἔστιν ὅσα οὐδενὶ... στρατιωτικά. Allusion aux fonds de théâtre, dont il est spécialement question dans la deuxième Olynthienne, ch. 4. (Voy. la note à cet endroit.)

2. Οὕτω πως, expression vague, qui répond assez à notre *comme ça*.

Page 26. — 1. Ταῦτα γὰρ ἄπιστα... φύσει. Les Thessaliens passaient pour perfides; de là les locutions proverbiales : *Tour de Thessaliens, monnaie de Thessaliens.*

2. Καὶ γὰρ Παγασὰς ἀπαιτεῖν... καὶ Μαγνησίαν... V. Olynth. I, 3 et 5.

3. **Εἰς στενὸν κομιδῇ τὰ... καταστήσεται.** Même expression en latin dans Térence, Heaut. IV, 1, 56 : « Ita hercle *in angustum oppido* nunc meæ *coguntur* copiæ. »

4. **Αὐτονόμους... καὶ ἐλευθέρους.** Le premier signifie *régi par ses propres lois*, en parlant d'un peuple ; le second, plus énergique encore, regarde *la liberté individuelle* de chacun des citoyens dont se compose ce peuple, et l'exemption des charges que l'esclavage entraîne pour chacun.

Page 28. — 1. Τὴν ὑπάρχουσαν est plus vague que τὴν οἰκείαν ; c'est l'ensemble des possessions athéniennes opposé à l'Attique, à Athènes elle-même ; il y a gradation dans les deux idées.

Page 30. — 1. Καὶ συνεισβαλοῦσιν ἑτοίμως. Les Thébains et les Athéniens étaient ennemis depuis longtemps. Déjà, à l'époque de la victoire de Lysandre, les Thébains avaient opiné pour la destruction d'Athènes.

2. Φωκεῖς ; οἱ... Les Phocéens étaient écrasés par le poids de la guerre sacrée.

3. Ἄνοιαν ὀφλισκάνων. V. Ol. I, 2 (notes).

4. Τοὺς γεωργοῦντας, comme chez nous les cultivateurs, ne représente pas seulement les artisans qui cultivent de leurs mains, mais les riches propriétaires qui font cultiver.

5. Ὅσα εἰς ἅπαντα τὸν πρὸ τοῦ πόλ. δεδαπ. Allusion à la guerre d'Amphipolis, qui avait coûté aux Athéniens plus de mille cinq cents talents, comme Démosthène le dit lui-même (Ol. II, 9).

Page 32. — 1. Ἐκεῖσε. En Macédoine.

2. Καλῶς ποιοῦντες, par une bonne fortune dont je les félicite, mot à mot, faisant de bonnes affaires, étant heureux.

3. Παντὸς εἵνεκα. V. ἕνεκά γε ψηφισμάτων (Ol. II, 2, not.).

ARGUMENT ANALYTIQUE

DE LA DEUXIÈME OLYNTHIENNE.

I. Jamais la bienveillance des dieux ne s'est manifestée plus clairement; il serait honteux de manquer à cette bienveillance, en négligeant les occasions qu'elle a fait naître.

II. Exciter les Athéniens par le tableau de la puissance de Philippe, ce serait faire l'histoire des hontes d'Athènes. Plutôt exposer la perfidie de Philippe, et montrer qu'avec la série de ses artifices, celle de ses succès touche à sa fin.

III. Philippe ne s'est accru qu'en dupant tour à tour les Athéniens, les Olynthiens, les Thessaliens, par de belles promesses qu'il n'a pas tenues; ces mêmes peuples, détrompés sur son compte, le renverseront.

IV. Toute hypothèse contraire à cette conclusion est absurde : car une puissance fondée sur la perfidie est un édifice qui pèche par sa base, et qui par conséquent doit nécessairement s'écrouler.

V. Le moment est donc favorable pour secourir Olynthe. Mais ce n'est pas, comme par le passé, par de vains discours, c'est par des actes énergiques que ce but peut être atteint avec efficacité. Alors se révèlera toute la faiblesse réelle de Philippe.

VI. La Macédoine en effet, assez importante quand elle s'adjoint quelque autre puissance, ne peut rien à elle seule. C'est que les intérêts du prince et ceux des sujets sont essentiellement opposés; c'est que, d'un autre côté, les troupes soudoyées de Philippe et sa garde personnelle même, sont bien au-dessous de leur réputation.

VII. Par envie, il écarte les braves; par mépris, il néglige les vertueux; restent donc autour de lui des brigands, des hommes perdus. Tout cela passe inaperçu, grâce à ses succès; mais le moindre revers mettra au jour ce foyer de corruption.

VIII. Combien est préférable la fortune des Athéniens, qui ont à la bienveillance des dieux tant de titres qu'il n'a pas! Mais ils dorment, et lui, il veille.

IX. Chose étrange! eux qui ont agi avec tant d'énergie et de dévouement pour soutenir les droits d'autrui, ils s'endorment et regardent au moindre sacrifice pour la défense des leurs. Croient-ils donc que la même indolence, qui les a couverts de honte, leur rendra leur ancien éclat?

X. Il importe donc d'agir avec énergie; il importe qu'ils contribuent, qu'ils s'enrôlent eux-mêmes, qu'ils n'éloignent pas leurs généraux du service de l'État par de continuelles accusations, se réservant tout le fruit des expéditions pour ne leur en laisser que les dangers de toute espèce.

XI. Il importe surtout qu'au lieu de se diviser en partis opposés, tous soient désormais unis par l'amour de la patrie et la haine de l'ennemi commun.— Résumé.

ΔΗΜΟΣΘΕΝΟΥΣ

ΟΛΥΝΘΙΑΚΟΣ Β.

I. Ἐπὶ πολλῶν μὲν ἄν τις ἰδεῖν, ὦ ἄνδρες Ἀθηναῖοι, δοκεῖ μοι τὴν παρὰ τῶν θεῶν εὔνοιαν φανερὰν γιγνομένην τῇ πόλει, οὐχ ἥκιστα δὲ ἐν τοῖς παροῦσι πράγμασι. Τὸ γὰρ τοὺς πολεμήσοντας [1] Φιλίππῳ γεγενῆσθαι καὶ χώραν ὅμορον καὶ δύναμίν τινα κεκτημένους, καὶ (τὸ μέγιστον ἁπάντων) τὴν ὑπὲρ τοῦ πολέμου γνώμην τοιαύτην ἔχοντας, ὥστε τὰς πρὸς ἐκεῖνον διαλλαγὰς [2] πρῶτον μὲν ἀπίστους, εἶτα τῆς ἑαυτῶν πατρίδος νομίζειν ἀνάστασιν εἶναι, δαιμονίᾳ [3] τινὶ καὶ θείᾳ παντάπασιν ἔοικεν εὐεργεσίᾳ. Δεῖ τοίνυν [4], ὦ ἄνδρες Ἀθηναῖοι, τοῦτ' ἤδη σκοπεῖν αὐτούς, ὅπως μὴ χείρους περὶ ἡμᾶς αὐτοὺς εἶναι δόξομεν τῶν ὑπαρχόντων· ὡς ἔστι τῶν αἰσχρῶν, μᾶλλον δὲ τῶν αἰσχίστων,

I. Il me semble, Athéniens, que des nombreuses circonstances où l'on a pu voir l'évidente protection des dieux à l'égard de notre ville, celle où nous nous trouvons n'est pas la moins remarquable. En effet, que des hommes qui vont combattre contre Philippe, habitent un pays voisin de ses États, soient puissants, et, ce qui de tout est le plus important, aient sur cette guerre une opinion telle, qu'ils se défieraient de tous les traités de paix conclus avec lui, et les regarderaient même comme la ruine de leur patrie : telle est la preuve que nous donnent les immortels de leur puissante bienveillance. Il faut donc, dès ce moment, Athéniens, que nous nous efforcions de ne point paraître au-dessous des circonstances présentes : car de tout ce qui peut nous déshonorer, ce qu'il y a de plus déshonorant, c'est

DÉMOSTHÈNE.

OLYNTHIENNE II.

I. Ὦ ἄνδρες Ἀθηναῖοι,	1. O hommes Athéniens,
τὶς δοκεῖ μοι	quelqu'un (on) semble à moi
ἂν ἰδεῖν γιγνομένην φανερὰν	pouvoir-voir devenant évidente
τὴν εὔνοιαν παρὰ τῶν θεῶν	la bienveillance de-la-part des dieux
τῇ πόλει	pour la république
ἐπὶ μὲν πολλῶν,	d'un côté dans beaucoup-de-choses,
οὐχ ἥκιστα δὲ	d'un autre non le-moins
ἐν τοῖς πράγμασι παροῦσι.	dans les affaires présentes.
Τὸ γὰρ	Car cette *circonstance*
τοὺς πολεμήσοντας Φιλίππῳ	ceux devant combattre Philippe
γεγενῆσθαι κεκτημένους	être devenus possédant
καὶ χώραν ὅμορον	et un pays limitrophe
καί τινα δύναμιν,	et une certaine puissance,
καὶ (τὸ μέγιστον ἁπάντων)	et (la plus grande de toutes choses)
ἔχοντας ὑπὲρ τοῦ πολέμου	ayant sur la guerre
τὴν γνώμην τοιαύτην ὥστε νομίζειν	une opinion telle que de penser
τὰς διαλλαγὰς πρὸς ἐκεῖνον	les traités avec lui
εἶναι πρῶτον μὲν ἀπίστους,	être d'abord à la vérité sans-foi,
εἶτα ἀνάστασιν	ensuite *être* le renversement
τῆς πατρίδος ἑαυτῶν,	de la patrie d'eux-mêmes,
ἔοικε παντάπασι	ressemble tout-à-fait
τινὶ εὐεργεσίᾳ	à un certain bienfait
δαιμονίᾳ καὶ θείᾳ.	surnaturel et divin.
Τοίνυν δεῖ αὐτοὺς,	Donc il faut vous-mêmes,
ὦ ἄνδρες Ἀθηναῖοι,	ô hommes Athéniens,
σκοπεῖν ἤδη τοῦτο,	examiner déjà ceci,
ὅπως δόξομεν εἶναι	comment nous paraîtrons être
μὴ χείρους περὶ ἡμᾶς αὐτοὺς	non pires pour nous-mêmes
τῶν ὑπαρχόντων·	*que* les choses étant présentes;
ὡς ἔστι τῶν αἰσχρῶν,	puisque il est des choses honteuses,
μᾶλλον δὲ τῶν αἰσχίστων,	et plutôt de celles très-honteuses,

μὴ μόνον πόλεων καὶ τόπων [1], ὧν ἦμέν ποτε κύριοι, φαίνεσθαι [2] προϊεμένους, ἀλλὰ καὶ τῶν ὑπὸ τῆς τύχης παρασκευασθέντων συμμάχων τε καὶ καιρῶν [3].

II. Τὸ μὲν οὖν, ὦ ἄνδρες Ἀθηναῖοι, τὴν Φιλίππου ῥώμην διεξιέναι καὶ διὰ τούτων τῶν λόγων προτρέπειν τὰ δέοντα ποιεῖν ὑμᾶς, οὐχὶ καλῶς ἔχειν ἡγοῦμαι. Διὰ τί; ὅτι μοι δοκεῖ πάνθ', ὅσ' ἂν εἴποι τις ὑπὲρ τούτων, ἐκείνῳ μὲν ἔχειν φιλοτιμίαν τινὰ, ἡμῖν δ' οὐχὶ καλῶς πεπρᾶχθαι. Ὁ μὲν γὰρ ὅσῳ πλείονα ὑπὲρ τὴν ἀξίαν πεποίηκε τὴν αὑτοῦ, τοσούτῳ θαυμαστότερος παρὰ πᾶσι νομίζεται· ὑμεῖς δὲ ὅσῳ χεῖρον ἢ προσῆκε κέχρησθε τοῖς πράγμασι, τοσούτῳ πλείονα αἰσχύνην ὠφλήκατε [4]. Ταῦτα μὲν οὖν παραλείψω. Καὶ γὰρ εἰ μετ' ἀληθείας τις, ὦ ἄνδρες Ἀθηναῖοι, σκοποῖτο, ἐνθένδ' [5] ἂν αὐτὸν ἴδοι μέγαν γεγενημένον, οὐχὶ παρ' αὑτοῦ. Ὧν οὖν ἐκεῖνος μὲν ὀφείλει τοῖς ὑπὲρ αὐτοῦ

que nous paraissions renoncer, non-seulement aux villes, aux pays dont nous avons été les maîtres, mais encore aux alliés et aux occasions que nous a préparés la fortune.

II. Passer en revue les ressources de Philippe, et par cette énumération vous engager, Athéniens, à faire votre devoir, cela n'est pas chose convenable, je crois. Pourquoi ? Parce que tout ce qu'on pourrait dire à cet égard ne serait pas sans quelque gloire pour lui, et ne ferait pas honneur à notre conduite. De son côté, on le regarde comme un homme d'autant plus étonnant, qu'il a, par ses actions, surpassé l'opinion qu'on avait conçue de lui-même; du vôtre, plus vous avez fait un mauvais usage des circonstances, plus a été accablante la honte que vous avez subie. Laissons donc cela de côté; car un examen impartial nous montrerait, Athéniens, que c'est par nous, et non par lui, qu'il est devenu grand. Quant à ces hommes à qui il doit de la reconnaissance pour nous avoir gouvernés selon ses inté-

φαίνεσθαι προϊεμένους	d'être vus faisant-abandon
μὴ μόνον πόλεων καὶ τόπων,	non seulement de villes et de lieux,
ὧν ἦμεν κύριοί ποτε,	dont nous étions maîtres autrefois,
ἀλλὰ καὶ τῶν συμμάχων τε	mais encore et des alliés
καὶ καιρῶν	et des occasions
παρασκευασθέντων ὑπὸ τῆς τύχης.	préparés par la fortune.
II. Ἡγοῦμαι μὲν οὖν,	II. Donc d'un côté je pense,
ὦ ἄνδρες Ἀθηναῖοι,	ô hommes Athéniens,
τὸ διεξιέναι τὴν ῥώμην Φιλίππου,	le parcourir la force de Philippe,
καὶ διὰ τούτων τῶν λόγων	et par le moyen de ces discours
προτρέπειν ὑμᾶς	pousser vous
ποιεῖν τὰ δέοντα,	à faire les choses nécessaires,
οὐχὶ ἔχειν καλῶς.	ne pas être bien.
Διὰ τί; ὅτι	Pourquoi? parce que
πάντα ὅσα τις	tout ce que quelqu'un
ἂν εἴποι ὑπὲρ τούτων,	pourrait-dire sur ces-choses
δοκεῖ μοι ἔχειν μὲν	semble à moi avoir d'un côté
τινὰ φιλοτιμίαν ἐκείνῳ,	certaine gloire pour lui,
οὐχὶ δὲ πεπρᾶχθαι	de l'autre n'avoir pas été fait
καλῶς ἡμῖν.	bien par nous.
Ὁ μὲν γὰρ	Car lui d'un côté
νομίζεται παρὰ πᾶσι	est pensé auprès de tous
τοσούτῳ θαυμαστότερος,	d'autant plus admirable,
ὅσῳ πεποίηκε πλείονα	qu'il a fait plus-de-choses
ὑπὲρ τὴν ἀξίαν	au-dessus de la valeur
τὴν αὑτοῦ·	celle de lui-même.
ὑμεῖς δὲ	D'un autre côté, vous,
ὠφλήκατε αἰσχύνην	vous avez dû (encouru) une honte
τοσούτῳ πλείονα,	d'autant plus grande,
ὅσῳ κέχρησθε τοῖς πράγμασι	que vous avez usé des affaires
χεῖρον ἢ προσῆκε.	plus mal qu'il *ne* convenait.
Παραλείψω μὲν οὖν ταῦτα.	Donc à la vérité j'omettrai cela.
Καὶ γὰρ εἴ τις,	Et en effet si quelqu'un,
ὦ ἄνδρες Ἀθηναῖοι,	ô hommes Athéniens,
σκοποῖτο μετὰ ἀληθείας,	examinait avec vérité,
ἴδοι ἂν αὐτὸν	il pourrait-avoir-vu celui-là
γεγενημένον μέγαν ἐνθένδε,	devenu grand d'ici (par nous),
οὐχὶ παρὰ αὑτοῦ.	non de-par lui-même.
Ὧν οὖν ἐκεῖνος μὲν	*Des choses* donc dont lui certes
ὀφείλει χάριν	doit reconnaissance

πεπολιτευμένοις χάριν, ὑμῖν δὲ δίκην προσήκει λαβεῖν, τούτων οὐχὶ νῦν ὁρῶ τὸν καιρὸν τοῦ λέγειν· ἃ δὲ καὶ χωρὶς τούτων ἔνι, καὶ βέλτιόν ἐστιν ἀκηκοέναι πάντας ὑμᾶς, καὶ μεγάλα, ὦ ἄνδρες Ἀθηναῖοι, κατ' ἐκείνου φαίνοιτ' ἂν ὀνείδη βουλομένοις ὀρθῶς δοκιμάζειν, ταῦτ' εἰπεῖν πειράσομαι.

Τὸ μὲν οὖν ἐπίορκον καὶ ἄπιστον καλεῖν ἄνευ τοῦ τὰ πεπραγμένα δεικνύναι, λοιδορίαν εἶναί τις ἂν φήσειε κενὴν δικαίως· τὸ δὲ πάνθ', ὅσα πώποτ' ἔπραξε, διεξιόντα, ἐφ' ἅπασι τούτοις ἐλέγχειν, καὶ βραχέος λόγου συμβαίνει δεῖσθαι, καὶ δυοῖν ἕνεκα ἡγοῦμαι συμφέρειν εἰρῆσθαι· τοῦ τ' ἐκεῖνον (ὅπερ καὶ ἀληθὲς ὑπάρχει) φαῦλον φαίνεσθαι, καὶ τοῦ τοὺς ὑπερεκπεπληγμένους, ὡς ἄμαχόν τινα τὸν Φίλιππον, ἰδεῖν ὅτι πάντα διεξελήλυθεν, οἷς πρότερον παρακρουόμενος μέγας νῦν ηὐξήθη, καὶ πρὸς αὐτὴν ἥκει [1] τὴν τελευτὴν τὰ πράγματ' αὐτῷ.

III. Ἐγὼ μὲν γάρ, ὦ ἄνδρες Ἀθηναῖοι, σφόδρ' ἂν ἡγούμην καὶ αὐτὸς φοβερὸν εἶναι τὸν Φίλιππον καὶ θαυμαστόν, εἰ τὰ

rêts, et qu'il est de votre devoir de punir, je ne vois pas non plus que le temps soit venu d'en parler. Mais tout ce qui est étranger à ce point, et qu'il importe que vous sachiez, ô Athéniens, enfin tout ce qui offre contre Philippe de graves sujets de reproches à quiconque voudra porter de ce prince un jugement équitable : voilà ce que je vais m'efforcer de vous faire connaître.

Car lui donner les noms de parjure, de perfide, sans produire ses actions pour preuves, c'est ce qu'on pourrait appeler avec raison une insulte inutile. Or, pour le montrer tel qu'il est, par le récit de tout ce qu'il a jamais fait, il n'est pas besoin d'un discours étendu ; et ce discours, deux motifs, je pense, le rendent nécessaire : l'un, de montrer Philippe aussi pervers qu'il l'est en réalité ; l'autre, de convaincre ceux qui le redoutent comme un capitaine invincible, que c'en est fait de tous les artifices à l'aide desquels il a su autrefois accroître sa grandeur, et que sa fortune touche à son terme.

III. Et moi aussi, Athéniens, je regarderais, sans restriction, Philippe comme un prince redoutable et digne d'être estimé, si je voyais

τοῖς πεπολιτευμένοις ὑπὲρ αὐτοῦ,	à ceux ayant administré pour lui,
προσήκει δὲ ὑμῖν	et *dont* il convient à vous
λαβεῖν δίκην,	de prendre vengeance,
οὐχὶ ὁρῶ νῦν τὸν καιρὸν	je ne vois pas maintenant l'occasion
τοῦ λέγειν τούτων·	de parler de ces-choses; [ci,
ἃ δὲ καὶ ἔνι χωρὶς τούτων,	mais *celles* qui sont à part de celles-
καί ἐστι βέλτιον	et *lesquelles* il est mieux
ὑμᾶς πάντας ἀκηκοέναι,	vous tous avoir entendues,
καὶ ἂν φαίνοιτο,	et *qui* pourraient-paraître,
ὦ ἄνδρες Ἀθηναῖοι,	ô hommes Athéniens,
βουλομένοις δοκιμάζειν ὀρθῶς	à *ceux* voulant apprécier droitement,
ὀνείδη μεγάλα κατὰ ἐκείνου,	des flétrissures grandes contre lui,
πειράσομαι εἰπεῖν ταῦτα.	j'essaierai de dire celles-ci.
Τὸ μὲν οὖν καλεῖν	Or d'une part le appeler *lui*
ἐπίορκον καὶ ἄπιστον	parjure et sans-foi,
ἄνευ τοῦ δεικνύναι τὰ πεπραγμένα,	sans le montrer les-choses faites,
τὶς ἂν φήσειε δικαίως	quelqu'un pourrait dire justement
εἶναι λοιδορίαν κενήν.	*cela* être un outrage vain.
Τὸ δὲ διεξιόντα πάντα,	Mais le *quelqu'un* parcourant tout
ὅσα ἔπραξε πώποτε,	ce-que il a fait jamais-encore,
ἐλέγχειν ἐπὶ ἅπασι τούτοις,	*le* convaincre sur toutes ces choses,
καὶ συμβαίνει δεῖσθαι	et se trouve avoir-besoin
λόγου βραχέος,	d'un discours bref,
καὶ ἡγοῦμαι συμφέρειν	et je pense être-utile
εἰρῆσθαι ἕνεκα δυοῖν·	*cela* être dit pour deux-choses :
τοῦ τε ἐκεῖνον φαίνεσθαι φαῦλον	et *pour* le celui-là paraître vil
(ὅπερ καὶ ὑπάρχει ἀληθὲς),	(ce qui aussi est vrai),
καὶ τοῦ	et *pour* le
τοὺς ὑπερεκπεπληγμένους τὸν Φί-	ceux étant trop-frappés de Philippe
ὥς τινα ἄμαχον, [λιππον,	comme de quelqu'un invincible, [ses
ἰδεῖν ὅτι διεξελήλυθε πάντα	voir que il a parcouru toutes les cho-
οἷς παρακρουόμενος πρότερον	par lesquelles trompant auparavant
ηὐξήθη μέγας νῦν,	il s'est accru grand maintenant,
καὶ τὰ πράγματα ἥκει	et *que* les affaires sont venues
πρὸς τὴν τελευτὴν αὐτὴν αὐτῷ.	à *leur* fin elle-même pour lui.
III. Ἐγὼ μὲν γάρ,	III. Car d'une-part moi,
ὦ ἄνδρες Ἀθηναῖοι,	ô hommes Athéniens,
καὶ αὐτὸς ἂν ἡγούμην σφόδρα	moi-même aussi je croirais fort
τὸν Φίλιππον εἶναι	Philippe être
φοβερὸν καὶ θαυμαστόν,	effrayant et admirable,

δίκαια πράττοντα ἑώρων αὐτὸν ηὐξημένον· νῦν δὲ θεωρῶν καὶ σκοπῶν εὑρίσκω, τὴν μὲν ἡμετέραν εὐήθειαν τὸ κατ' ἀρχὰς, ὅτε Ὀλυνθίους[1] ἀπήλαυνόν τινες ἐνθένδε, βουλομένους ἡμῖν διαλεχθῆναι, τῷ τὴν Ἀμφίπολιν φάσκειν παραδώσειν καὶ τὸ θρυλούμενόν ποτε ἀπόῤῥητον ἐκεῖνο[2] κατασκευάσαι, τούτῳ προσαγαγόμενον[3]· τὴν δ' Ὀλυνθίων φιλίαν μετὰ ταῦτα, τῷ Ποτίδαιαν, οὖσαν ὑμετέραν, ἐξελεῖν, καὶ τοὺς μὲν πρότερον συμμάχους ὑμᾶς ἀδικῆσαι, παραδοῦναι δὲ ἐκείνοις· Θετταλοὺς δὲ νῦν τὰ τελευταῖα, τῷ Μαγνησίαν[4] παραδώσειν ὑποσχέσθαι, καὶ τὸν Φωκικὸν πόλεμον[5] πολεμήσειν ὑπὲρ αὐτῶν ἀναδέξασθαι. Ὅλως δὲ οὐδείς ἐστιν ὅντιν' οὐ πεφενάκικεν ἐκεῖνος τῶν αὐτῷ χρησαμένων· τὴν γὰρ ἑκάστων ἄνοιαν ἀεὶ τῶν ἀγνοούντων αὐτὸν ἐξαπατῶν καὶ προσλαμβάνων, οὕτως ηὐξήθη. Ὥσπερ οὖν διὰ τούτων ἤρθη μέγας, ἡνίκα ἕκαστοι συμφέρον αὐτὸν ἑαυτοῖς ᾤοντό τι πράξειν· οὕτως ὀφείλει διὰ τῶν αὐτῶν τούτων καὶ

qu'il eût fondé sa grandeur sur des actes de justice; mais, après un examen exact, je trouve qu'il s'est joué, d'abord, de notre simplicité, quand quelques citoyens chassèrent d'ici les Olynthiens sans les avoir entendus, sur l'assurance qu'il nous livrerait Amphipolis et exécuterait certain article secret, dont on faisait alors grand bruit; ensuite, de l'amitié des Olynthiens, lorsqu'il enleva Potidée qui nous appartenait, et leur donna cette injuste conquête, au mépris de notre ancienne alliance; enfin, des Thessaliens, par la promesse qu'il leur fit de leur restituer Magnésie, et de se charger, en leur place, de la guerre de Phocide. Ainsi, de tous ceux qui ont eu affaire à lui, il n'est personne qu'il n'ait trompé: abuser de l'imprudence des peuples qui ne le connaissaient pas encore, et les attirer à lui, tel est le secret de son agrandissement. Mais de même que par ces peuples il s'est élevé à ce point de grandeur, tant qu'ils ont cru qu'il allait travailler pour leurs intérêts; de même il tombera nécessairement renversé par

εἰ ἑώρων αὐτὸν ηὐξημένον	si je voyais lui s'étant accru
πράττοντα τὰ δίκαια ·	faisant les choses justes ;
νῦν δὲ	mais maintenant
θεωρῶν καὶ σκοπῶν,	en considérant et examinant,
εὑρίσκω προσαγαγόμενον	je trouve *lui* ayant surpris
τὸ κατὰ ἀρχὰς μὲν,	dans-le-principe d'une-part,
ὅτε τινὲς ἀπήλαυνον ἐνθένδε	quand quelques-uns chassèrent d'ici
Ὀλυνθίους βουλομένους	les Olynthiens voulant
διαλεχθῆναι ἡμῖν,	avoir conféré-avec nous,
τὴν ἡμετέραν εὐήθειαν τούτῳ,	notre simplicité par ceci,
τῷ φάσκειν	par le annoncer
παραδώσειν τὴν Ἀμφίπολιν,	devoir livrer Amphipolis,
καὶ κατασκευάσαι	et *par le* avoir machiné
ἐκεῖνο ἀπόῤῥητον	cette *négociation* secrète
τὸ θρυλούμενόν ποτε ·	celle répétée-partout alors ;
μετὰ δὲ ταῦτα	d'autre-part après cela
τὴν φιλίαν Ὀλυνθίων	l'amitié des Olynthiens
τῷ ἐξελεῖν Ποτίδαιαν οὖσαν ὑμετέραν	par le avoir pris Potidée étant vôtre,
καὶ ἀδικῆσαι μὲν	et avoir traité-injustement d'une part
ὑμᾶς τοὺς συμμάχους πρότερον,	vous *ses* alliés d'auparavant,
παραδοῦναι δὲ ἐκείνοις ·	et-d'autre-part *l*'avoir livrée à eux ;
νῦν δὲ τὰ τελευταῖα Θετταλοὺς,	et maintenant enfin les Thessaliens,
τῷ ὑποσχέσθαι	par le avoir promis
παραδώσειν Μαγνησίαν,	devoir livrer Magnésie,
καὶ ἀναδέξασθαι	et *par le* s'être chargé
πολεμήσειν ὑπὲρ αὐτῶν	de devoir guerroyer pour eux
τὸν πόλεμον Φωκικόν.	la guerre Phocéenne.
Ὅλως δὲ	Ensuite en un mot,
οὐδεὶς τῶν χρησαμένων αὐτῷ ἐστιν,	nul de ceux s'étant servis de lui n'est,
ὅντινα ἐκεῖνος οὐ πεφενάκικεν ·	lequel cet *homme* n'a pas dupé ;
ἐξαπατῶν γὰρ καὶ προσλαμβάνων	car trompant et surprenant [ment
τὴν ἄνοιαν ἑκάστων ἀεὶ	l'imprudence de chacun successive-
τῶν ἀγνοούντων αὐτὸν,	de ceux ne-connaissant-pas lui,
ηὐξήθη οὕτως.	il s'est accru ainsi.
Ὥσπερ οὖν ἤρθη μέγας	Donc de même que il a été élevé grand
διὰ τούτων,	par le moyen de ceux-ci,
ἡνίκα ᾤοντο ἕκαστοι	quand ils pensaient chacun
αὐτὸν πράξειν τι	lui devoir faire quelque-chose
συμφέρον ἑαυτοῖς ·	d'utile à eux-mêmes ;
οὕτως ὀφείλει πάλιν καὶ	de même il doit en revanche aussi

καθαιρεθῆναι πάλιν, ἐπειδὴ πάνθ' ἕνεκα ἑαυτοῦ ποιῶν ἐξελήλεγκται.

IV. Καιροῦ μὲν δή, ὦ ἄνδρες Ἀθηναῖοι, πρὸς τοῦτο πάρεστι Φιλίππῳ τὰ πράγματα· ἢ παρελθών τις ἐμοί, μᾶλλον δὲ ὑμῖν, δειξάτω, ὡς οὐκ ἀληθῆ ταῦτ' ἐγὼ λέγω, ἢ ὡς οἱ τὰ πρῶτα ἐξηπατημένοι τὰ λοιπὰ πιστεύσουσιν αὐτῷ, ἢ ὡς οἱ παρὰ τὴν αὐτῶν ἀξίαν δεδουλωμένοι Θετταλοὶ νῦν οὐκ ἂν ἐλεύθεροι γένοιντο ἄσμενοι.

Καὶ μὴν εἴ τις ὑμῶν ταῦτα μὲν οὕτως ἔχειν ἡγεῖται, οἴεται δὲ βίᾳ καθέξειν αὐτὸν τὰ πράγματα, τῷ τὰ χωρία καὶ λιμένας καὶ τὰ τοιαῦτα προειληφέναι, οὐκ ὀρθῶς οἴεται. Ὅταν μὲν γὰρ ὑπ' εὐνοίας τὰ πράγματα συστῇ, καὶ πᾶσι ταὐτὰ συμφέρῃ τοῖς μετέχουσι τοῦ πολέμου, καὶ συμπονεῖν καὶ φέρειν τὰς συμφορὰς καὶ μένειν ἐθέλουσιν οἱ ἄνθρωποι· ὅταν δ' ἐκ πλεονεξίας καὶ πονηρίας τις, ὥσπερ οὗτος, ἰσχύσῃ, ἡ πρώτη πρόφασις καὶ μικρὸν πταῖσμα ἅπαντα ἀνεχαίτισε[1] καὶ διέλυσεν. Οὐ γὰρ ἔστιν, οὐκ ἔστιν, ὦ ἄνδρες Ἀθηναῖοι, ἀδικοῦντα καὶ ἐπιορκοῦντα καὶ

ces mêmes peuples, dès qu'ils seront convaincus qu'il ne fait rien que pour lui-même.

IV. Telle est en ce moment, Athéniens, la position où se trouve Philippe. Si on le conteste, qu'on s'approche ; qu'on me démontre, que plutôt on vous démontre à vous que je ne dis pas la vérité, ou que ceux qu'il a précédemment trompés, auront désormais confiance en lui, ou que les Thessaliens, jetés dans l'esclavage contre toute justice, ne se verraient pas aujourd'hui rendus avec joie à la liberté.

Si quelqu'un de vous pense que la position de Philippe est telle que je dis, mais qu'il s'y maintiendra par la force, après avoir déjà emporté des places, des ports et d'autres points de défense semblables; son opinion n'est pas fondée. Il est vrai que quand la bienveillance sert de base au pouvoir, et que tous ceux qui partagent les dangers d'une guerre n'ont qu'un même intérêt, alors ces hommes, avec empressement prennent leur part dans les fatigues, supportent les revers, et ne se rebutent jamais; mais si une puissance est fondée, comme celle de Philippe, sur l'ambition et la perversité, à la première occasion, au moindre choc, elle tombe et s'évanouit entièrement. Car il n'est pas possible, Athéniens, non, il n'est pas possible

καθαιρεθῆναι διὰ τούτων τῶν αὐτῶν,	être renversé par ceux-là mêmes,
ἐπειδὴ ἐξελήλεγκται	après que il a été convaincu
πριῶν πάντα ἕνεκα ἑαυτοῦ.	faisant tout pour lui-même
IV. Δὴ μὲν, ὦ ἄνδρες Ἀθηναῖοι,	IV. Or certes, ô hommes Athéniens,
τὰ πράγματα πάρεστι Φιλίππῳ	les affaires sont à Philippe
πρὸς τοῦτο καιροῦ·	à ce *point* de situation;
ἤ τις παρελθὼν	ou *que* quelqu'un s'avançant
δειξάτω ἐμοὶ, μᾶλλον δὲ ὑμῖν,	montre à moi, mais plutôt à vous,
ὡς ἐγὼ λέγω ταῦτα οὐκ ἀληθῆ,	que moi je dis ces-choses non vraies,
ἢ ὡς οἱ ἐξηπατημένοι τὰ πρῶτα	ou que ceux trompés les premières-fois
πιστεύσουσιν αὐτῷ τὰ λοιπὰ,	se fieront à lui les autres-fois,
ἢ ὡς οἱ Θετταλοὶ	ou que les Thessaliens,
δεδουλωμένοι παρὰ τὴν ἀξίαν αὐτῶν	asservis contre le mérite d'eux,
οὐκ ἂν γένοιντο νῦν	ne deviendraient pas maintenant
ἐλεύθεροι ἄσμενοι.	libres volontiers.
Καὶ μὴν εἴ τις ὑμῶν	Et certes si quelqu'un de vous
ἡγεῖται μὲν ταῦτα ἔχειν οὕτως,	pense d'une-part cela être ainsi,
οἴεται δὲ	et croit d'autre-part
αὐτὸν καθέξειν βίᾳ τὰ πράγματα	lui devoir retenir de force les affaires
τῷ προειληφέναι	par le avoir pris-d'avance
τὰ χωρία καὶ λιμένας	les places-fortes et les ports
καὶ τὰ τοιαῦτα,	et les choses-telles,
οἴεται οὐκ ὀρθῶς.	il pense non droitement.
Ὅταν μὲν γὰρ τὰ πράγματα	Car à la vérité lorsque les affaires
συστῇ ὑπὸ εὐνοίας,	se maintiennent par la bienveillance,
καὶ τὰ αὐτὰ συμφέρῃ	et *que* les mêmes-choses sont utiles
πᾶσι τοῖς μετέχουσι τοῦ πολέμου,	à tous ceux participant à la guerre,
οἱ ἄνθρωποι ἐθέλουσι	les hommes veulent
καὶ συμπονεῖν	et souffrir-ensemble,
καὶ φέρειν τὰς συμφορὰς	et supporter les accidents
καὶ μένειν·	et rester *dans le même parti;*
ὅταν δέ τις	mais lorsque quelqu'un
ἰσχύσῃ, ὥσπερ οὗτος,	est devenu-fort, comme celui-là,
ἐκ πλεονεξίας καὶ πονηρίας,	par cupidité et perversité,
ἡ πρώτη πρόφασις	le premier prétexte
καὶ μικρὸν πταῖσμα	et un petit échec
ἀνεχαίτισε καὶ διέλυσεν ἅπαντα.	a culbuté et a dissous tout.
Οὐ γάρ ἐστιν, οὐκ ἔστιν,	Car il n'est pas, il n'est pas *possible*
ὦ ἄνδρες Ἀθηναῖοι,	ô hommes Athéniens,
ἀδικοῦντα	*quelqu'un* étant-injuste

ψευδόμενον δύναμιν βεβαίαν κτήσασθαι· ἀλλὰ τὰ τοιαῦτα εἰς μὲν ἅπαξ καὶ βραχὺν χρόνον ἀντέχει, καὶ σφόδρα γε ἤνθησεν[1] ἐπὶ ταῖς ἐλπίσιν, ἂν τύχῃ, τῷ χρόνῳ δὲ φωρᾶται καὶ περὶ αὑτὰ καταῤῥεῖ. Ὥσπερ γὰρ οἰκίας, οἶμαι, καὶ πλοίου καὶ τῶν ἄλλων τῶν τοιούτων τὰ κάτωθεν ἰσχυρότατα εἶναι δεῖ, οὕτω καὶ τῶν πράξεων τὰς ἀρχὰς καὶ τὰς ὑποθέσεις ἀληθεῖς καὶ δικαίας εἶναι προσήκει. Τοῦτο δὲ οὐκ ἔνι νῦν ἐν τοῖς πεπραγμένοις Φιλίππῳ.

V. Φημὶ δὴ δεῖν ὑμᾶς ἅμα τοῖς μὲν Ὀλυνθίοις βοηθεῖν, καὶ ὅπως τις λέγει κάλλιστα καὶ τάχιστα, οὕτως ἀρέσκει μοι· πρὸς δὲ Θετταλοὺς πρεσβείαν πέμπειν, ἣ τοὺς μὲν διδάξει ταῦτα, τοὺς δὲ παροξυνεῖ· καὶ γὰρ νῦν εἰσὶν ἐψηφισμένοι Παγασὰς[2] ἀπαιτεῖν καὶ περὶ Μαγνησίας λόγους ποιεῖσθαι. Σκοπεῖσθε μέντοι τοῦτο, ὦ ἄνδρες Ἀθηναῖοι, ὅπως μὴ λόγους ἐροῦσι μόνον οἱ παρ' ἡμῶν πρέσβεις, ἀλλὰ καὶ ἔργον τι δεικνύειν ἕξουσιν, ἐξε-

qu'un prince injuste, parjure, imposteur, acquière une force durable; sa grandeur résiste un jour, un peu plus longtemps même, et devient quelquefois très-florissante par les espérances qu'elle fait concevoir; mais le temps la démasque, et elle s'affaisse alors sous son propre poids. Car, de même que la partie inférieure d'un édifice, d'un vaisseau et de toute autre construction, doit être la plus solide; ainsi nos actions doivent avoir pour principe et pour base la vérité et la justice: or tels ne sont pas les fondements des actions de Philippe.

V. Je dis qu'il faut envoyer aux Olynthiens des secours..... Si quelqu'un ajoute: «Très-efficaces et très-prompts,»... je l'approuve; et aux Thessaliens une ambassade, pour informer les uns de cette résolution, et pour réveiller le courage des autres; car ils viennent de décréter qu'ils redemanderont Pagases, et s'occuperont de Magnésie. Mais prenez-y garde, Athéniens; que nos ambassadeurs ne se présentent pas avec des paroles seulement; qu'ils aient aussi à montrer des actes; qu'on

καὶ ἐπιορκοῦντα καὶ ψευδόμενον	et se parjurant et trompant
κτήσασθαι δύναμιν βεβαίαν·	acquérir une puissance stable;
ἀλλὰ τὰ τοιαῦτα	mais les-choses telles
ἀντέχει εἰς ἅπαξ μὲν	résistent pour une fois
καὶ χρόνον βραχὺν,	et *pour* un temps court,
καὶ ἤνθησε σφόδρα	et ont fleuri fortement
ἐπί γε ταῖς ἐλπίσιν,	du moins pour les espérances,
ἂν τύχῃ,	si *cela* s'est rencontré; [vertes
τῷ δὲ χρόνῳ φωρᾶται	mais avec le temps elles sont décou-
καὶ καταῤῥεῖ περὶ αὑτά.	et s'écroulent sur elles-mêmes.
Ὥσπερ γὰρ δεῖ, οἶμαι,	Car comme il faut, je pense,
τὰ κάτωθεν οἰκίας	les *parties* d'en-bas d'une maison
καὶ πλοίου	et d'un navire
καὶ τῶν ἄλλων τῶν τοιούτων	et des autres choses telles
εἶναι ἰσχυρότατα,	être très-solides,
οὕτω καὶ προσήκει τὰς ἀρχὰς	ainsi aussi il convient les principes
καὶ τὰς ὑποθέσεις τῶν πράξεων	et les bases des actions
εἶναι ἀληθεῖς καὶ δικαίας.	être vrais et justes.
Νῦν δὲ τοῦτο οὐκ ἔνι	Or maintenant ceci n'est pas
ἐν τοῖς πεπραγμένοις Φιλίππῳ.	dans les choses faites par Philippe.
V. Φημὶ δὴ δεῖν ὑμᾶς ἅμα	V. Je dis donc falloir vous ensemble
βοηθεῖν μὲν τοῖς Ὀλυνθίοις,	d'une-part secourir les Olynthiens,
καὶ ὅπως τις λέγει	et selon-que quelqu'un dit
κάλλιστα καὶ τάχιστα,	le mieux et le plus promptement,
οὕτως ἀρέσκει μοι·	ainsi plaît-il à moi;
πέμπειν δὲ πρεσβείαν	d'autre part envoyer une ambassade
πρὸς Θετταλούς,	vers les Thessaliens,
ἣ διδάξει ταῦτα μὲν τούς,	laquelle instruira de ceci les uns,
παροξυνεῖ δὲ τούς·	et animera les autres;
καὶ γὰρ νῦν	et en effet maintenant
εἰσὶν ἐψηφισμένοι	ils sont ayant voté
ἀπαιτεῖν Παγασὰς	de redemander Pagases
καὶ ποιεῖσθαι λόγους	et de faire des réclamations
περὶ Μαγνησίας.	sur Magnésie.
Σκοπεῖσθε μέντοι τοῦτο,	Examinez cependant ceci,
ὦ ἄνδρες Ἀθηναῖοι,	ô hommes Athéniens,
ὅπως οἱ πρέσβεις παρὰ ἡμῶν	comment les députés de-chez nous
μὴ μόνον ἐροῦσι λόγους,	non seulement diront des discours,
ἀλλὰ καὶ ἕξουσι δεικνύειν	mais encore auront à montrer
τὶ ἔργον,	quelque œuvre,

ληλυθότων ἡμῶν ἀξίως τῆς πόλεως καὶ ὄντων ἐπὶ τοῖς πράγμασιν· ὡς ἅπας μὲν λόγος, ἂν ἀπῇ τὰ πράγματα, μάταιόν τι φαίνεται καὶ κενόν, μάλιστα δὲ ὁ παρὰ τῆς ἡμετέρας πόλεως· ὅσῳ γὰρ ἑτοιμότατ' αὐτῷ δοκοῦμεν χρῆσθαι, τοσούτῳ μᾶλλον ἀπιστοῦσι πάντες αὐτῷ. Πολλὴν δὴ τὴν μετάστασιν καὶ μεγάλην δεικτέον τὴν μεταβολήν, εἰσφέροντας[1], ἐξιόντας, ἅπαντα ποιοῦντας ἑτοίμως, εἴπερ τις ὑμῖν προσέξει τὸν νοῦν. Κἂν ταῦτα ἐθελήσητε, ὡς προσήκει καὶ δεῖ, περαίνειν, οὐ μόνον, ὦ ἄνδρες Ἀθηναῖοι, τὰ συμμαχικὰ ἀσθενῶς καὶ ἀπίστως ἔχοντα φανήσεται Φιλίππῳ, ἀλλὰ καὶ τὰ τῆς οἰκείας ἀρχῆς καὶ δυνάμεως κακῶς ἔχοντα ἐξελεγχθήσεται.

VI. Ὅλως μὲν γὰρ ἡ Μακεδονικὴ δύναμις καὶ ἀρχὴ ἐν μὲν προσθήκης μέρει ἐστί τις οὐ σμικρά, οἷον ὑπῆρξέ ποθ' ὑμῖν ἐπὶ Τιμοθέου[2] πρὸς Ὀλυνθίους· πάλιν αὖ πρὸς Ποτίδαιαν Ὀλυνθίοις[3] ἐφάνη τι τοῦτο συναμφότερον· νυνὶ δὲ Θετταλοῖς νοσοῦσι καὶ

sache que vous êtes entrés en campagne d'une manière digne de cette république, et que vous vous occupez des affaires présentes : tout discours non accompagné d'effets est un je ne sais quoi de vain et de frivole, surtout s'il est prononcé au nom de cette ville : tout le monde alors s'en méfie d'autant plus que nous passons pour avoir une grande habileté dans l'art de parler. Faisons voir dans nos habitudes un changement remarquable; contribuons de notre fortune; mettons-nous en campagne, et traitons les affaires avec empressement, si nous voulons inspirer quelque confiance. Êtes-vous résolus de vous conduire dans ces circonstances comme il convient, comme il est nécessaire : non-seulement, Athéniens, vous verrez combien Philippe a des alliés faibles et peu sûrs, mais encore vous découvrirez dans quel délabrement sont tombés ses États héréditaires et sa puissance personnelle.

VI. En général, les troupes du royaume de Macédoine, quand elles sont jointes à d'autres, ne sont pas sans importance : l'épreuve en a été faite par vous-mêmes, quand, sous Timothée, vous marchâtes contre les Olynthiens; ensuite par les Olynthiens, qui, pour attaquer Potidée, trouvèrent en elles de braves auxiliaires; et en dernier lieu

ἡμῶν ἐξεληλυθότων	nous étant sortis entrés en campagne
ἀξίως τῆς πόλεως	d'une-façon-digne de la ville,
καὶ ὄντων ἐπὶ τοῖς πράγμασιν·	et étant aux affaires ;
ὡς ἅπας μὲν λόγος,	vu que tout discours d'une part,
ἂν τὰ πράγματα ἀπῇ,	si les faits sont absents,
φαίνεταί τι μάταιον καὶ κενόν,	paraît quelque-chose vain et vide,
μάλιστα δὲ ὁ	mais surtout le *discours*
παρὰ τῆς ἡμετέρας πόλεως·	de la part de notre ville ;
ὅσῳ γὰρ δοκοῦμεν	car autant nous semblons
χρῆσθαι αὐτῷ ἑτοιμότατα,	user de lui le plus promptement,
τοσούτῳ πάντες ἀπιστοῦσιν	autant tous se défient
αὐτῷ μᾶλλον.	de lui davantage.
Δεικτέον δὴ	Donc il-faut-montrer
τὴν μετάστασιν πολλὴν	la révolution considérable
καὶ τὴν μεταβολὴν μεγάλην,	et le changement grand,
εἰσφέροντας, ἐξιόντας,	contribuant, sortant *en armes*,
ποιοῦντας ἅπαντα ἑτοίμως,	faisant tout avec-empressement,
εἴπερ τις	si toutefois quelqu'un [fiance].
προσέξει ὑμῖν τὸν νοῦν.	attachera à vous son esprit (sa con-
Καὶ ἂν ἐθελήσητε περαίνειν ταῦτα,	Et si vous aurez voulu exécuter ceci,
ὡς προσήκει καὶ δεῖ,	comme il convient et il faut,
οὐ μόνον τὰ συμμαχικὰ,	non seulement les *forces* d'alliances,
ὦ ἄνδρες Ἀθηναῖοι,	ô hommes Athéniens,
φανήσεται ἔχοντα Φιλίππῳ	seront-évidentes étant à Philippe
ἀσθενῶς καὶ ἀπίστως,	faiblement et peu-sûrement,
ἀλλὰ καὶ τὰ	mais encore les-choses
τῆς οἰκείας ἀρχῆς καὶ δυνάμεως	de *sa* propre domination et puissance
ἐξελεγχθήσεται ἔχοντα κακῶς.	seront prouvées étant mal.
VI. Ὅλως μὲν γὰρ	VI. En effet d'une part en un mot
ἡ δύναμις καὶ ἀρχὴ Μακεδονικὴ	la force et domination Macédonienne,
ἐν μέρει μὲν προσθήκης	en rôle d'accessoire,
ἐστί τις οὐ σμικρὰ,	est une *puissance* non petite,
οἷον ὑπῆρξέ ποτε ἐπὶ Τιμοθέου	comme elle fut jadis sous Timothée
ὑμῖν πρὸς Ὀλυνθίους·	pour vous contre les Olynthiens ;
πάλιν αὖ	de nouveau encore
τοῦτο συναμφότερον	cette union-de-deux-*forces*
ἐφάνη τι	parut quelque-chose
Ὀλυνθίοις πρὸς Ποτίδαιαν·	pour les Olynthiens contre Potidée ;
νυνὶ δὲ ἐβοήθησεν	et maintenant elle a porté-secours
ἐπὶ τὴν οἰκίαν τυραννικὴν	contre la maison des-tyrans

στασιάζουσι καὶ τεταραγμένοις ἐπὶ τὴν τυραννικὴν οἰκίαν [1] ἐβοήθησε· καὶ ὅποι τις ἂν, οἶμαι, προσθῇ κἂν μικρὰν δύναμιν, πάντ' ὠφελεῖ· αὐτὴ δὲ καθ' αὑτὴν ἀσθενὴς καὶ πολλῶν κακῶν ἐστι μεστή. Καὶ γὰρ οὗτος ἅπασι τούτοις, οἷς ἄν τις μέγαν αὐτὸν ἡγήσαιτο, τοῖς πολέμοις καὶ ταῖς στρατείαις, ἔτ' ἐπισφαλεστέραν αὑτὴν, ἢ ὑπῆρχε φύσει, κατεσκεύακεν ἑαυτῷ. Μὴ γὰρ οἴεσθε, ὦ ἄνδρες Ἀθηναῖοι, τοῖς αὐτοῖς Φίλιππόν τε χαίρειν καὶ τοὺς ἀρχομένους· ἀλλ' ὁ μὲν δόξης ἐπιθυμεῖ, καὶ τοῦτο ἐζήλωκε καὶ προῄρηται πράττων καὶ κινδυνεύων, ἂν συμβῇ τι, παθεῖν, τὴν τοῦ διαπράξασθαι ταῦτα, ἃ μηδεὶς πώποτε ἄλλος Μακεδόνων βασιλεὺς, δόξαν ἀντὶ τοῦ ζῆν ἀσφαλῶς ᾑρημένος· τοῖς δὲ τῆς μὲν φιλοτιμίας τῆς ἀπὸ τούτων οὐ μέτεστι, κοπτόμενοι δὲ ἀεὶ ταῖς στρατείαις ταύταις ταῖς ἄνω [τε καὶ] κάτω λυποῦνται καὶ συνεχῶς ταλαιπωροῦσιν, οὔτ' ἐπὶ τοῖς ἔργοις οὔτ' ἐπὶ τοῖς αὑτῶν ἰδίοις ἐώμενοι διατρίβειν, οὔθ' ὅσ' ἂν πορίσωσιν οὕτως, ὅπως

par les Thessaliens, quand Philippe, au milieu de leurs malheurs, de leurs troubles, de leurs dissensions, les secourut contre la famille de leurs tyrans : c'est qu'en effet un faible poids, de quelque côté qu'on l'ajoute, assure la supériorité ; mais par elle-même, la Macédoine est faible, elle est en proie à des vices nombreux. Et Philippe, par tout ce qui le fait regarder comme un roi puissant, c'est-à-dire, par ses guerres, par ses expéditions, s'en est fait un royaume beaucoup moins solide qu'il ne l'était naturellement. Car ne pensez pas, Athéniens, que ce prince et ses sujets aient les mêmes goûts. L'un aspire à la gloire, il en est jaloux ; et bien résolu, au milieu des fatigues et des dangers, de tenir tête à tous les coups de la fortune, il préfère la réputation d'avoir achevé ce que n'avait jamais tenté aucun roi macédonien, aux douceurs d'une vie paisible ; les autres, au contraire, ne prennent aucune part à cette ambition ; mais, fatigués de leurs courses militaires par monts et par vaux, ils s'affligent et ne voient pas de terme à leurs maux ; car il ne leur est permis ni de se livrer à leurs travaux et à leurs occupations ordinaires, ni d'exposer en vente les denrées qu'ils ont recueillies comme ils ont pu, puisque la guerre a

Θετταλοῖς νοσοῦσι	aux Thessaliens malades
καὶ στασιάζουσι καὶ τεταραγμένοις·	et étant-en-discussion et troublés;
καὶ ὅποι τις, οἶμαι,	et là-où quelqu'un, je pense,
ἂν προσθῇ κἂν μικρὰν δύναμιν,	ajouterait même une petite force,
ὠφελεῖ πάντα·	elle aide (entraîne) le tout;
αὐτὴ δὲ καθ᾽ ἑαυτὴν ἐστὶν	d'autre-part elle par elle-même est
ἀσθενὴς καὶ μεστὴ κακῶν πολλῶν.	faible et pleine de maux nombreux.
Καὶ γὰρ ἅπασι τούτοις,	Et en effet par toutes ces-choses,
οἷς τις ἂν ἡγήσαιτο αὐτὸν μέγαν,	par lesquelles on croirait lui grand,
τοῖς πολέμοις καὶ ταῖς στρατείαις,	par les guerres et les expéditions,
οὗτος κατεσκεύακε αὐτὴν ἑαυτῷ	celui-ci a fait elle à lui-même
ἔτι ἐπισφαλεστέραν,	encore plus mal-assurée
ἢ ὑπῆρχε φύσει.	que elle *n'*était par nature.
Μὴ γὰρ οἴεσθε,	Car ne croyez pas,
ὦ ἄνδρες Ἀθηναῖοι,	ô hommes Athéniens,
Φίλιππόν τε καὶ τοὺς ἀρχομένους	et Philippe et ceux commandés *par lui*
χαίρειν τοῖς αὐτοῖς·	se réjouir des mêmes-choses;
ἀλλὰ ὁ μὲν ἐπιθυμεῖ δόξης,	mais lui d'une-part désire la gloire,
καὶ ἐζήλωκε τοῦτο,	et a envié cela,
καὶ προῄρηται παθεῖν,	et préfère avoir souffert (mourir),
ἄν τι συμβῇ,	si quelque-chose *lui* arrive,
πράττων καὶ κινδυνεύων,	en agissant et s'exposant-au-danger,
ᾑρημένος τὴν δόξαν	ayant choisi la gloire
τοῦ διαπράξασθαι ταῦτα	du avoir exécuté ces-choses
ἃ πώποτε	que *n'a exécutées* jamais-encore
μηδεὶς ἄλλος βασιλεὺς Μακεδόνων,	nul autre roi des Macédoniens,
ἀντὶ τοῦ ζῆν ἀσφαλῶς·	au lieu du vivre sûrement;
οὐ μέτεστι δὲ τοῖς	mais part-n'est-pas à eux
τῆς μὲν φιλοτιμίας	de la gloire
τῆς ἀπὸ τούτων,	celle *résultant* de ces choses,
λυποῦνται δὲ	et ils s'affligent
κοπτόμενοι ἀεὶ	fatigués toujours
ταύταις ταῖς στρατείαις	par ces expéditions
ταῖς ἄνω τε καὶ κάτω	celles et en haut et en bas,
καὶ ταλαιπωροῦσι συνεχῶς,	et ils sont-malheureux continuellement,
οὔτε ἐώμενοι διατρίβειν	n'étant laissés vaquer
ἐπὶ τοῖς ἔργοις	aux travaux *d'agriculture*
οὔτε ἐπὶ τοῖς ἰδίοις αὐτῶν,	ni aux propres *affaires* d'eux-mêmes
οὔτε ἔχοντες διαθέσθαι	et n'ayant *moyen de* disposer
ταῦτα ὅσα ἂν πορίσωσιν	de ce que ils se seront procuré

ἂν δύνωνται, ταῦτ' ἔχοντες διαθέσθαι, κεκλεισμένων τῶν ἐμπορίων τῶν ἐν τῇ χώρᾳ διὰ τὸν πόλεμον. Οἱ μὲν οὖν πολλοὶ Μακεδόνων πῶς ἔχουσι Φιλίππῳ, ἐκ τούτων ἄν τις σκέψαιτο οὐ χαλεπῶς· οἱ δὲ δὴ περὶ αὐτὸν ὄντες ξένοι καὶ πεζέταιροι[1] δόξαν μὲν ἔχουσιν, ὡς εἰσὶ θαυμαστοὶ καὶ συγκεκροτημένοι τὰ τοῦ πολέμου· ὡς δ' ἐγὼ τῶν ἐν αὐτῇ τῇ χώρᾳ γεγενημένων τινὸς ἤκουον, ἀνδρὸς οὐδαμῶς οἵουτε ψεύδεσθαι, οὐδένων εἰσὶ βελτίους.

VII. Εἰ μὲν γάρ τις ἀνήρ ἐστιν ἐν αὐτοῖς οἷος ἔμπειρος πολέμου καὶ ἀγώνων, τούτους μὲν φιλοτιμίᾳ πάντας ἀπωθεῖν αὐτὸν ἔφη, βουλόμενον πάντα αὐτοῦ δοκεῖν εἶναι τὰ ἔργα (πρὸς γὰρ αὖ τοῖς ἄλλοις καὶ τὴν φιλοτιμίαν τἀνδρὸς ἀνυπέρβλητον εἶναι)· εἰ δέ τις σώφρων ἢ δίκαιος ἄλλως, τὴν καθ' ἡμέραν ἀκρασίαν τοῦ βίου καὶ μέθην καὶ κορδακισμοὺς οὐ δυνάμενος φέρειν, παρεῶσθαι καὶ ἐν οὐδενὸς εἶναι μέρει τὸν τοιοῦτον. Λοιποὺς δὴ περὶ αὐτὸν εἶναι λῃστὰς καὶ κόλακας καὶ τοιούτους

fermé tous les marchés de leur pays. D'après cela, il n'est pas difficile de conjecturer dans quelle disposition d'esprit sont la plupart des Macédoniens à l'égard de Philippe. Les étrangers dont il est entouré, et les fantassins qui veillent sur sa personne, ont, il est vrai, la réputation d'être d'admirables soldats, habiles dans tous les exercices militaires; mais j'ai appris d'un des habitants de cette contrée, homme incapable d'en imposer, qu'ils n'ont aucune supériorité sur les autres troupes.

VII. Il ajoutait que, si parmi eux il se trouve des gens expérimentés dans l'art de la guerre et pleins de bravoure, Philippe, qui veut que tout paraisse être son ouvrage, les éloigne par jalousie; que ce défaut, outre tant d'autres vices, passe en lui toutes les bornes; que si ses excès, son ivrognerie, ses danses obscènes, répugnent à quelque courtisan, d'ailleurs ami de la tempérance et de la justice, il le néglige, il n'en fait aucun cas; qu'enfin les autres hommes qui l'entourent sont des brigands, des flatteurs, et des gens qui ne rougis-

οὕτως ὅπως ἂν δύνωνται,	tellement comme ils auront pu,
τῶν ἐμπορίων τῶν ἐν τῇ χώρᾳ	les marchés ceux dans le pays
κεκλεισμένων διὰ τὸν πόλεμον.	étant fermés à cause de la guerre.
Ἐκ τούτων μὲν οὖν	Donc d'une part d'après cela
τὶς ἂν σκέψαιτο οὐ χαλεπῶς	on pourrait juger non difficilement
πῶς οἱ πολλοὶ Μακεδόνων	comment la plupart des Macédoniens
ἔχουσι Φιλίππῳ·	sont-disposés pour Philippe ;
οἱ δὲ δὴ ξένοι	d'autre part certes les étrangers
καὶ πεζέταιροι	et les fantassins-compagnons
ὄντες περὶ αὐτὸν	étant autour de lui
ἔχουσι μὲν δόξαν	ont à la vérité la réputation
ὡς εἰσὶ θαυμαστοὶ	que ils sont admirables
καὶ συγκεκροτημένοι	et exercés
τὰ τοῦ πολέμου·	*dans* les-choses de la guerre ;
ὡς δὲ ἐγὼ ἤκουον	mais comme moi je *l'*entendais
τινὸς τῶν γεγενημένων	d'un de ceux ayant été
ἐν τῇ χώρᾳ αὐτῇ,	dans le pays même,
ἀνδρὸς οὐδαμῶς οἵου τε ψεύδεσθαι,	homme nullement capable de tromper
εἰσὶ βελτίους οὐδένων.	ils ne sont meilleurs qu'aucuns.
VII. Εἰ μὲν γάρ τις ἀνὴρ	VII. Car si quelque homme
ἐστὶν ἐν αὐτοῖς	est parmi eux
οἷος ἔμπειρος	tel-qu'*il soit* expérimenté
πολέμου καὶ ἀγώνων,	*en fait* de guerre et combats,
ἔφη αὐτὸν μὲν	il disait d'une-part lui (Philippe)
ἀπωθεῖν τούτους πάντας φιλοτιμίᾳ	écarter eux tous par jalousie,
βουλόμενον πάντα τὰ ἔργα	voulant tous les *hauts*-faits
δοκεῖν εἶναι αὑτοῦ	paraître être de lui-même
(αὖ γὰρ πρὸς τοῖς ἄλλοις	(car encore outre les autres-choses,
καὶ τὴν φιλοτιμίαν τοῦ ἀνδρὸς	aussi la jalousie de cet homme
εἶναι ἀνυπέρβλητον).	être ne-pouvant-être-surpassée).
Εἰ δέ τις	Si d'autre part quelqu'un *est*
σώφρων ἢ δίκαιος ἄλλως,	tempérant ou juste d'ailleurs,
οὐ δυνάμενος φέρειν	ne pouvant supporter
τὴν ἀκρασίαν κατὰ ἡμέραν τοῦ βίου	la licence journalière de la vie
καὶ μέθην καὶ κορδακισμούς,	et l'ivresse et les danses-obcènes,
τὸν τοιοῦτον παρεῶσθαι	un tel *homme* avoir été repoussé
καὶ εἶναι ἐν μέρει οὐδενός.	et être en rôle de nul.
Εἶναι δὴ λοιποὺς περὶ αὐτὸν	Être donc de-reste autour de lui
λῃστὰς καὶ κόλακας	des brigands et des flatteurs,
καὶ ἀνθρώπους τοιούτους,	et des hommes tels,

ἀνθρώπους, οἵους μεθυσθέντας ὀρχεῖσθαι τοιαῦτα, οἷα ἐγὼ νῦν ὀκνῶ πρὸς ὑμᾶς ὀνομάσαι. Δῆλον δ' ὅτι ταῦτ' ἐστὶν ἀληθῆ· καὶ γὰρ οὓς ἐνθένδε πάντες ἀπήλαυνον, ὡς πολὺ τῶν θαυματοποιῶν ἀσελγεστέρους ὄντας, Καλλίαν ἐκεῖνον τὸν δημόσιον[1] καὶ τοιούτους ἀνθρώπους, μίμους γελοίων καὶ ποιητὰς αἰσχρῶν ᾀσμάτων ὧν εἰς τοὺς συνόντας ποιοῦσιν ἕνεκα τοῦ γελασθῆναι, τούτους ἀγαπᾷ καὶ περὶ αὐτὸν ἔχει. Καίτοι ταῦτα, εἰ καὶ μικρά τις ἡγεῖται, μεγάλα, ὦ ἄνδρες Ἀθηναῖοι, δείγματα τῆς ἐκείνου γνώμης καὶ κακοδαιμονίας ἐστὶ τοῖς εὖ φρονοῦσιν. Ἀλλ', οἶμαι, νῦν μὲν ἐπισκοτεῖ τούτοις τὸ κατορθοῦν· αἱ γὰρ εὐπραξίαι δειναὶ συγκρύψαι [καὶ συσκιάσαι] τὰ τοιαῦτα ὀνείδη· εἰ δέ τι πταίσει, τότ' ἀκριβῶς αὐτοῦ πάντ' ἐξετασθήσεται. Δοκεῖ δ' ἔμοιγε, ὦ ἄνδρες Ἀθηναῖοι, δείξειν οὐκ εἰς μακρὰν, ἂν οἵ τε θεοὶ θέλωσι καὶ ὑμεῖς βούλησθε. Ὥσπερ γὰρ ἐν τοῖς σώμασιν ἡμῶν, ἕως μὲν ἂν ἐῤῥωμένος ᾖ τις, οὐδὲν ἐπαισθάνεται τῶν καθ' ἕκαστα σαθρῶν, ἐπὰν δὲ ἀῤῥώστημά τι συμβῇ, πάντα κινεῖται, κἂν

sent pas d'exécuter, dans l'ivresse, des danses dont je n'oserais dire le nom ici, devant vous. Il est évident que ces reproches sont fondés; car tout ce que nous avons chassé de cette ville comme plus corrompu que les bateleurs eux-mêmes, un Callias, esclave public, et tant d'autres de pareille espèce, imitateurs des bouffons, auteurs de couplets infâmes, composés pour livrer leurs amis au ridicule; voilà ceux qu'il chérit, ceux qu'il tient auprès de sa personne. Ces turpitudes, que quelques-uns pourront regarder comme peu de chose, sont néanmoins d'importants indices de son caractère et de sa dépravation pour quiconque sait réfléchir: aujourd'hui, peut-être, ses succès les dérobent aux yeux; car la prospérité jouit de l'étonnant privilége de couvrir d'un voile ces vices honteux; mais qu'il fasse le moindre heurt, alors ils apparaîtront tous au grand jour; et il me semble, Athéniens, que l'instant de cette manifestation n'est pas éloigné, si les Dieux le permettent, et que vous le vouliez. Car, de même que notre corps, tant que nous nous portons bien, ne se ressent point des altérations qu'il a éprouvées dans ses différentes parties; mais que si une maladie survient, elle réveille toutes les douleurs que nous

οἵους μεθυσθέντας	que enivrés
ὀρχεῖσθαι τοιαῦτα,	danser des *danses* telles,
οἷα ἐγὼ νῦν ὀκνῶ	que moi maintenant je crains
ὀνομάσαι πρὸς ὑμᾶς.	de *les* nommer devant vous.
Δῆλον δὲ ὅτι ταῦτα ἐστὶν ἀληθῆ·	Or *il est* évident que ceci est vrai :
καὶ γὰρ οὓς πάντες ἀπήλαυνον ἐν-	en effet ceux que tous ont bannis d'ici
ὡς ὄντας πολὺ ἀσελγεστέρους [θένδε	comme étant beaucoup plus dissolus
τῶν θαυματοποιῶν,	que les faiseurs-de-tours,
ἐκεῖνον Καλλίαν τὸν δημόσιον	ce Callias, l'esclave-public,
καὶ ἀνθρώπους τοιούτους,	et *autres* hommes tels,
μίμους γελοίων	mimes de choses-bouffonnes
καὶ ποιητὰς ᾀσμάτων αἰσχρῶν,	et compositeurs de chants infâmes,
ὧν ποιοῦσιν εἰς τοὺς συνόντας	que ils font sur ceux étant-avec *eux*
ἕνεκα τοῦ γελασθῆναι,	pour le être ri,
ἀγαπᾷ τούτους	il aime ceux-ci
καὶ ἔχει περὶ αὑτόν.	et *les* a autour de lui.
Καίτοι ταῦτα,	Eh bien ces-choses,
εἰ καί τις ἡγεῖται μικρά,	même si quelqu'un *les* juge petites,
ἐστὶ τοῖς φρονοῦσιν εὖ	sont pour ceux pensant bien
δείγματα μεγάλα τῆς γνώμης	preuves grandes de la pensée
καὶ κακοδαιμονίας ἐκείνου.	et du mauvais-génie de lui.
Ἀλλὰ νῦν μέν, οἶμαι,	Mais maintenant d'un-côté, je pense,
τὸ κατορθοῦν ἐπισκοτεῖ τούτοις·	le réussir fait-ombre à ces-choses ;
αἱ γὰρ εὐπραξίαι δειναὶ	car les heureux-succès *sont* habiles
συγκρύψαι [καὶ συσκιάσαι]	à avoir caché et mis-dans-l'ombre
τὰ ὀνείδη τοιαῦτα·	les turpitudes telles ;
εἰ δὲ πταίσει τι,	mais si il échouera en-quelque-point,
τότε πάντα αὐτοῦ	alors tous les *défauts* de lui
ἐξετασθήσεται ἀκριβῶς.	seront recherchés exactement.
Δοκεῖ δὲ ἔμοιγε,	Et il semble à moi du moins,
ὦ ἄνδρες Ἀθηναῖοι,	ô hommes Athéniens,
δείξειν οὐκ εἰς μακράν,	devoir montrer *cela* non dans long-
ἂν οἵ τε θεοὶ θέλωσι	si et les dieux veulent [*temps*,
καὶ ὑμεῖς βούλησθε.	et vous-mêmes voulez.
Ὥσπερ γὰρ ἐν τοῖς σώμασιν ἡμῶν,	Car comme dans les corps de nous,
ἕως μὲν ἄν τις ᾖ ἐρρωμένος,	tant-que certes on sera valide,
ἐπαισθάνεται οὐδὲν σαθρῶν	on *ne* sent nulle des *parties* faibles
τῶν κατὰ ἕκαστα,	quant à chacune *isolément*,
ἐπὰν δέ τι ἀρρώστημα συμβῇ,	et, quand une maladie est venue,
πάντα κινεῖται,	tout s'ébranle,

ῥῆγμα, κἂν στρέμμα, κἂν ἄλλο τι τῶν ὑπαρχόντων σαθρὸν ᾖ· οὕτω καὶ τῶν πόλεων καὶ τῶν τυράννων, ἕως μὲν ἂν ἔξω πολεμῶσιν, ἀφανῆ τὰ κακὰ τοῖς πολλοῖς ἐστιν, ἐπειδὰν δὲ ὅμορος πόλεμος συμπλακῇ, πάντα ἐποίησεν ἔκδηλα.

VIII. Εἰ δέ τις ὑμῶν, ὦ ἄνδρες Ἀθηναῖοι, τὸν Φίλιππον εὐτυχοῦντα ὁρῶν, ταύτῃ φοβερὸν προσπολεμῆσαι νομίζει, σώφρονος μὲν ἀνθρώπου λογισμῷ χρῆται· μεγάλη γὰρ ῥοπή, μᾶλλον δὲ τὸ ὅλον ἡ τύχη παρὰ πάντ᾽ ἐστὶ τὰ τῶν ἀνθρώπων πράγματα. Οὐ μὴν ἀλλ᾽ ἔγωγε, εἴ τις αἵρεσίν μοι δοίη, τὴν τῆς ἡμετέρας πόλεως τύχην ἂν ἑλοίμην, ἐθελόντων ἃ προσήκει ποιεῖν ὑμῶν αὐτῶν καὶ κατὰ μικρὸν, ἢ τὴν ἐκείνου· πολὺ γὰρ πλείους ἀφορμὰς εἰς τὸ τὴν παρὰ τῶν θεῶν εὔνοιαν ἔχειν ὁρῶ ἡμῖν ἐνούσας ἢ ἐκείνῳ. Ἀλλ᾽, οἶμαι, καθήμεθα οὐδὲν ποιοῦντες· οὐκ ἔνι δ᾽ αὐτὸν ἀργοῦντα οὐδὲ τοῖς φίλοις ἐπιτάττειν ὑπὲρ αὑτοῦ

a causées soit une fracture, soit une luxation, soit tout autre accident: ainsi, tant que les républiques et les rois vont guerroyer au loin, les maux qui les minent restent cachés aux yeux de la multitude; mais que la guerre se rapproche des frontières, alors tout se découvre.

VIII. Si, en considérant la prospérité de Philippe, on en conclut qu'il est dangereux de lui faire la guerre, on a raison; car la fortune est d'un grand poids, ou plutôt elle est tout dans les affaires des hommes; et cependant, s'il m'était permis de choisir, et que vous consentissiez à ne remplir même qu'une faible partie de vos devoirs, je préférerais la fortune de cette ville à la sienne; car je vois que vous avez bien plus que lui des droits à la bienveillance des Dieux. Mais, il faut le dire, nous restons en place, nous ne faisons rien; et quiconque n'agit pas, n'a aucun droit de prier ses amis, et encore moins les Dieux,

καὶ ἐὰν ῥῆγμα ᾖ,
καὶ ἐὰν στρέμμα,
καὶ ἐάν τι ἄλλο σαθρὸν
τῶν ὑπαρχόντων·
οὕτω καὶ τὰ κακὰ
τῶν πόλεων καὶ τῶν τυράννων,
ἕως μὲν ἂν πολεμῶσιν
ἔξω,
ἐστὶν ἀφανῆ τοῖς πολλοῖς,
ἐπειδὰν δὲ πόλεμος
συμπλακῇ ὅμορος,
ἐποίησε πάντα ἔκδηλα.

VIII. Εἰ δέ τις ὑμῶν,
ὦ ἄνδρες Ἀθηναῖοι,
ὁρῶν τὸν Φίλιππον εὐτυχοῦντα,
νομίζει ταύτῃ
φοβερὸν προσπολεμῆσαι,
χρῆται μὲν
λογισμῷ ἀνθρώπου σώφρονος·
ἡ γὰρ τύχη ἐστὶ μεγάλη ῥοπή,
μᾶλλον δὲ τὸ ὅλον
παρὰ πάντα τὰ πράγματα τῶν ἀνθρώπων.
Οὐ μὴν ἀλλὰ ἔγωγε,
εἴ τις δοίη μοι αἵρεσιν,
ἑλοίμην ἂν τὴν τύχην
τῆς ἡμετέρας πόλεως,
ὑμῶν ἐθελόντων αὐτῶν
ποιεῖν ἃ προσήκει
καὶ κατὰ μικρόν,
ἢ τὴν ἐκείνου·
ὁρῶ γὰρ ἀφορμὰς
εἰς τὸ ἔχειν τὴν εὔνοιαν
παρὰ τῶν θεῶν ἐνούσας ἡμῖν
πολὺ πλείους ἢ ἐκείνῳ.
Ἀλλά, οἶμαι,
καθήμεθα ποιοῦντες οὐδὲν·
οὐκ ἔνι δὲ
ἀργοῦντα αὐτὸν
ἐπιτάττειν οὐδὲ τοῖς φίλοις
ποιεῖν τι ὑπὲρ αὐτοῦ,

et si une rupture est,
et si une luxation,
et si quelque autre *partie* faible
de celles étant *au corps;*
ainsi aussi les maux
des républiques et des tyrans,
tant-que à la vérité ils guerroient
hors *de leur pays,*
sont invisibles au grand-nombre,
mais dès que une guerre
s'est engagée limitrophe,
elle a rendu tous apparents.

VIII. Mais si quelqu'un de vous,
ô hommes Athéniens,
voyant Philippe prospérant,
croit *lui* par-là
terrible à combattre,
il se sert à la vérité
du calcul d'un homme sensé;
car la fortune est un grand poids,
et plutôt le tout
dans toutes les affaires des hommes.
Mais néanmoins moi du moins,
si l'on donnait à moi le choix,
je prendrais la fortune
de notre république,
vous voulant vous-mêmes
faire ce-que il convient
même quant à peu *seulement,*
plutôt que celle de lui;
car je vois des ressources
pour le avoir la bienveillance
de la part des dieux, étant-avec nous
bien plus nombreuses que *avec* lui.
Mais, je pense,
nous sommes assis *ne* faisant rien;
or il n'est pas *possible*
celui restant-inactif lui-même
commander pas-même à *ses* amis
de faire quelque-chose pour lui.

τι ποιεῖν, μή τί γε δὴ [1] τοῖς θεοῖς. Οὐ δὴ θαυμαστόν ἐστιν εἰ στρατευόμενος καὶ πονῶν ἐκεῖνος αὐτὸς, καὶ παρὼν ἐφ' ἅπασι καὶ μηδένα καιρὸν μηδ' ὥραν παραλείπων, ἡμῶν μελλόντων καὶ ψηφιζομένων καὶ πυνθανομένων περιγίγνεται. Οὐδὲ θαυμάζω τοῦτ' ἐγώ· τοὐναντίον γὰρ ἂν ἦν θαυμαστὸν, εἰ μηδὲν ποιοῦντες ἡμεῖς ὧν τοῖς πολεμοῦσι προσήκει, τοῦ πάντα ποιοῦντος ἃ δεῖ περιῆμεν.

IX. Ἀλλ' ἐκεῖνο θαυμάζω, εἰ Λακεδαιμονίοις [2] μέν ποτε, ὦ ἄνδρες Ἀθηναῖοι, ὑπὲρ τῶν Ἑλληνικῶν δικαίων ἀντήρατε, καὶ πολλὰ ἰδίᾳ πλεονεκτῆσαι πολλάκις ὑμῖν ἐξὸν, οὐκ ἠθελήσατε, ἀλλ', ἵν' οἱ ἄλλοι τύχωσι τῶν δικαίων, τὰ ὑμέτερα αὐτῶν ἀνηλίσκετε εἰσφέροντες καὶ προεκινδυνεύετε στρατευόμενοι, νυνὶ δ' ὀκνεῖτε ἐξιέναι καὶ μέλλετε εἰσφέρειν ὑπὲρ τῶν ὑμετέρων αὐτῶν κτημάτων· καὶ τοὺς μὲν ἄλλους σεσώκατε πολλάκις πάντας [3] καὶ καθ' ἕνα αὐτῶν ἕκαστον ἐν μέρει, τὰ δ' ὑμέτερ' αὐτῶν [4] ἀπολω-

d'agir en sa faveur. Certes, je ne m'étonne pas que cet homme, toujours en campagne, bravant les fatigues, présent à tout, ne laissant échapper aucune occasion, aucun instant favorable, l'emporte sur vous, qui temporisez sans cesse, qui ne savez faire que des décrets, et chercher des nouvelles; je ne m'en étonne pas, dis-je; au contraire, ce qui me surprendrait, ce serait de nous voir, nous qui ne faisons rien de ce qu'exige la guerre, être supérieurs à un homme qui prend toutes les mesures qu'elle commande.

IX. Mais je m'étonne surtout que, pour défendre les droits de la Grèce, vous ayez autrefois pris les armes contre les Lacédémoniens; qu'ayant eu alors tant d'occasions d'augmenter vos richesses, loin de vouloir en profiter, vous ayez, pour rendre aux Grecs leur indépendance, sacrifié vos fortunes par de nombreuses contributions, affronté les dangers dans des expéditions militaires; et qu'aujourd'hui vous hésitiez à entrer en campagne, vous tardiez à vous soumettre à une contribution, quand il s'agit de sauver vos propres richesses; que vous ayez souvent assuré le salut de la Grèce en général, et de chacun de ses peuples en particulier; et que, quand vous vous voyez

μή γε δὴ	non-pour-que certes du moins
τὶ τοῖς θεοῖς.	*il commande* rien aux dieux.
Οὐ δή ἐστι θαυμαστὸν εἰ	Donc il *n*'est pas étonnant si
ἐκεῖνος στρατευόμενος	lui se-mettant-en-campagne
καὶ πονῶν αὐτὸς	et prenant-de-la-peine lui-même
καὶ παρὼν ἐπὶ ἅπασι	et assistant à tout
καὶ παραλείπων μηδένα καιρὸν	et *ne* négligeant nulle occasion
μηδὲ ὥραν,	ni *nul* moment-favorable,
περιγίγνεται ἡμῶν μελλόντων	il triomphe de nous tardant
καὶ ψηφιζομένων καὶ πυνθανομέ-	et votant et questionnant.
Ἐγὼ οὐδὲ θαυμάζω τοῦτο· [νων.	Moi, je ne m'étonne pas de cela;
τὸ ἐναντίον γὰρ ἦν ἂν θαυμαστὸν	car au contraire il serait étonnant
εἰ ἡμεῖς ποιοῦντες μηδὲν	si nous *ne* faisant rien
ὧν προσήκει	de ce-que il convient
τοῖς πολεμοῦσι,	à ceux faisant-la-guerre,
περιῆμεν τοῦ	nous triomphions de celui
ποιοῦντος πάντα ἃ δεῖ.	faisant tout ce-que il faut.
IX. Ἀλλὰ θαυμάζω ἐκεῖνο,	IX. Mais je m'étonne de cela,
εἰ μέν ποτε,	si autrefois d'une-part,
ὦ ἄνδρες Ἀθηναῖοι,	ô hommes Athéniens,
ἀντήρατε	vous levâtes-l'étendard-contre
Λακεδαιμονίοις	les Lacédémoniens
ὑπὲρ τῶν δικαίων Ἑλληνικῶν,	pour les droits Grecs,
καὶ ἐξὸν πολλάκις ὑμῖν	et *que*, étant-possible souvent à vous
πλεονεκτῆσαι ἰδίᾳ	d'avoir acquis en particulier
πολλά,	beaucoup de *biens*,
οὐκ ἠθελήσατε,	vous n'ayez pas voulu,
ἀλλὰ εἰσφέροντες	mais *que* contribuant
ἀνηλίσκετε	vous ayez dépensé
τὰ ὑμέτερα αὐτῶν	vos *biens* de vous-mêmes
καὶ προεκινδυνεύετε στρατευόμενοι,	et vous soyez exposés en combattant,
ἵνα οἱ ἄλλοι	pour-que les autres
τύχωσι τῶν δικαίων,	obtinssent *leurs* droits,
νυνὶ δὲ ὀκνεῖτε ἐξιέναι	et maintenant vous craignez de sortir
καὶ μέλλετε εἰσφέρειν	et vous tardez à contribuer
ὑπὲρ τῶν ὑμετέρων κτημάτων αὐ-	pour vos possessions de vous-mêmes
καὶ πολλάκις μὲν [τῶν	et *que* souvent d'un-côté
σεσώκατε πάντας τοὺς ἄλλους	vous avez sauvé tous les autres
καὶ ἕκαστον αὐτῶν	et chacun d'eux
κατὰ ἕνα ἐν μέρει,	*un* à un tour-à-tour,

λεκότες κάθησθε. Ταῦτα θαυμάζω· καὶ ἔτι πρὸς τούτοις, εἰ μηδὲ εἷς ὑμῶν, ὦ ἄνδρες Ἀθηναῖοι, δύναται λογίσασθαι, πόσον πολεμεῖτε χρόνον [1] Φιλίππῳ, καὶ τί ποιούντων ὑμῶν ἅπας ὁ χρόνος διελήλυθεν οὗτος. Ἴστε γὰρ δήπου τοῦθ', ὅτι, μελλόντων αὐτῶν, ἑτέρους τινὰς ἐλπιζόντων πράξειν, αἰτιωμένων ἀλλήλους, κρινόντων, πάλιν ἐλπιζόντων, σχεδὸν ταὐτὰ ἅπερ νυνὶ ποιούντων, ἅπας ὁ χρόνος διελήλυθεν. Εἶθ' οὕτως ἀγνωμόνως ἔχετε, ὦ ἄνδρες Ἀθηναῖοι, ὥστε δι' ὧν ἐκ χρηστῶν φαῦλα τὰ πράγματα τῆς πόλεως γέγονε, διὰ τούτων ἐλπίζετε τῶν αὐτῶν πράξεων ἐκ φαύλων αὐτὰ χρηστὰ γενήσεσθαι; Ἀλλ' οὔτ' εὔλογον, οὔτ' ἔχον ἐστὶ φύσιν τοῦτό γε· πολὺ γὰρ ῥᾷον ἔχοντας φυλάττειν ἢ κτήσασθαι πάντα πέφυκεν. Νυνὶ δὲ ὅ τι μὲν φυλάξομεν, οὐδέν ἐστιν ὑπὸ τοῦ πολέμου λοιπὸν τῶν πρότερον, κτήσασθαι δὲ δεῖ. Αὐτῶν οὖν ἡμῶν ἔργον τοῦτ' ἤδη.

dépouillés de vos acquisitions territoriales, vous restiez ensevelis dans le repos ! Oui, voilà ce qui m'étonne, Athéniens, et aussi, qu'aucun de vous ne puisse considérer depuis combien de temps vous êtes en guerre contre Philippe, et quel emploi vous avez fait de tant de jours écoulés. Au reste, vous le savez : ce temps, c'est à user de délais, c'est à espérer que d'autres feraient ce que vous auriez dû faire, c'est à vous accuser réciproquement, à vous citer en justice, à espérer encore, à agir à peu près comme vous agissez aujourd'hui, que vous l'avez entièrement perdu. Quel est donc, Athéniens, cet aveuglement de vous flatter que les mesures qui, de florissante qu'était votre situation, l'ont rendue déplorable, de déplorable qu'elle est, la rendront florissante ? Cela est contraire à la raison, à la nature ; car il est bien plus facile de conserver quand on possède, que d'avoir tout à acquérir : aujourd'hui la guerre ne nous a rien laissé à conserver ; acquérons donc : à ce but doivent tendre désormais nos efforts.

κάθησθε δὲ	et vous restez-assis
ἀπολωλεκότες	ayant perdu
τὰ ὑμέτερα αὐτῶν.	vos *biens* de vous-mêmes
Θαυμάζω ταῦτα·	Je m'étonne de ces-choses;
καὶ ἔτι πρὸς τούτοις,	et de-plus outre ces-choses,
εἰ μηδὲ εἷς ὑμῶν,	si pas même un-seul de vous,
ὦ ἄνδρες Ἀθηναῖοι,	ô hommes Athéniens,
δύναται λογίσασθαι πόσον χρόνον	*ne* peut calculer *depuis* quel temps
πολεμεῖτε Φιλίππῳ,	vous êtes-en-guerre-avec Philippe,
καὶ τί ὑμῶν ποιούντων	et quelle-chose vous faisant
ἅπας οὗτος ὁ χρόνος διελήλυθεν.	tout ce temps a passé.
Ἴστε γὰρ δήπου τοῦτο, ὅτι,	Car certes vous savez ceci, que,
αὐτῶν μελλόντων,	vous temporisant,
ἐλπιζόντων τινὰς ἑτέρους πράξειν,	espérant quelques autres devoir agir,
αἰτιωμένων ἀλλήλους,	*vous* accusant les-uns-les-autres,
κρινόντων,	*vous* mettant-en-jugement,
ἐλπιζόντων πάλιν,	espérant de nouveau,
ποιούντων σχεδὸν τὰ αὐτὰ	faisant à-peu-près les mêmes-choses
ἅπερ νυνὶ,	lesquelles *vous faites* maintenant,
ἅπας ὁ χρόνος διελήλυθεν.	tout le temps a passé.
Εἶτα, ὦ ἄνδρες Ἀθηναῖοι,	Ensuite, ô hommes Athéniens,
ἔχετε οὕτως ἀγνωμόνως,	êtes-vous *disposés* si insensément,
ὥστε ἐλπίζετε	que vous espérez
διὰ ὧν	*par les actions* par lesquelles
τὰ πράγματα τῆς πόλεως	les affaires de la république
γέγονε φαῦλα ἐκ χρηστῶν,	sont devenues mauvaises de bonnes,
διὰ τούτων τῶν αὐτῶν πράξεων	par ces mêmes actions
αὐτὰ γενήσεσθαι	elles devoir devenir
χρηστὰ ἐκ φαύλων;	bonnes de mauvaises?
Ἀλλὰ τοῦτό γέ ἐστιν	Mais ceci du-moins *n*'est
οὔτε εὔλογον οὔτε ἔχον φύσιν·	ni raisonnable ni ayant du naturel
πέφυκε γὰρ πολὺ ῥᾷον	car il-est-naturellement bien plus ais
ἔχοντας φυλάττειν	*ceux* ayant conserver
ἢ κτήσασθαι πάντα.	que *ceux n'ayant pas* acquérir tout.
Νυνὶ δὲ ὑπὸ τοῦ πολέμου	Or maintenant à-cause-de la guerre
οὐδὲν τῶν πρότερον ἐστὶ λοιπὸν	nul des *biens d*'avant *n*'est de-reste
ὅ τι μὲν φυλάξομεν,	lequel nous conserverons,
δεῖ δὲ κτήσασθαι.	mais il faut acquérir.
Τοῦτο οὖν ἤδη	Ceci donc *est* désormais
ἔργον ἡμῶν αὐτῶν.	l'œuvre de nous-mêmes.

X. Φημὶ δὴ δεῖν εἰσφέρειν χρήματα, αὐτοὺς ἐξιέναι προθύμως, μηδέν' αἰτιᾶσθαι, πρὶν ἂν τῶν πραγμάτων κρατήσητε· τηνικαῦτα δὲ ἀπ' αὐτῶν τῶν ἔργων κρίναντας, τοὺς μὲν ἀξίους ἐπαίνου τιμᾶν, τοὺς δ' ἀδικοῦντας κολάζειν, τὰς προφάσεις δ' ἀφελεῖν καὶ τὰ καθ' ὑμᾶς ἐλλείμματα [1]· οὐ γὰρ ἔστι πικρῶς ἐξετάσαι, τί πέπρακται τοῖς ἄλλοις, ἂν μὴ παρ' ὑμῶν αὐτῶν πρῶτον ὑπάρξῃ τὰ δέοντα. Τίνος γὰρ ἕνεκα, ὦ ἄνδρες Ἀθηναῖοι, νομίζετε τοῦτον μὲν φεύγειν τὸν πόλεμον πάντας, ὅσους ἂν ἐκπέμψητε, στρατηγούς, ἰδίους δ' εὑρίσκειν πολέμους [2], εἰ δεῖ τι τῶν ὄντων καὶ περὶ τῶν στρατηγῶν εἰπεῖν; ὅτι ἐνταῦθα μέν ἐστι τὰ ἆθλα ὑπὲρ ὧν ἐστιν ὁ πόλεμος, ὑμέτερα (Ἀμφίπολις ἂν ληφθῇ, παραχρῆμα αὐτὴν ὑμεῖς κομιεῖσθε), οἱ δὲ κίνδυνοι τῶν ἐφεστηκότων ἴδιοι, μισθὸς δ' οὐκ ἔστιν· ἐκεῖ δὲ κίνδυνοι μὲν ἐλάττους, τὰ δὲ λήμματα τῶν ἐφεστηκότων καὶ τῶν στρατιωτῶν, Λάμψα-

X. Or, voici mon avis : que vous vous soumettiez à une contribution ; que vous entriez vous-mêmes en campagne avec empressement ; que vous n'accusiez personne tant que vous n'aurez pas repris la gestion des affaires ; mais qu'alors, jugeant chacun d'après ses œuvres, vous honoriez ceux qui mériteront la louange, vous punissiez les coupables, et détruisiez tout prétexte d'accusation contre vous-mêmes ; car il ne vous appartient pas de rechercher sévèrement ce qu'ont fait les autres, si d'abord vous n'êtes pas rentrés dans la voie du devoir. Mais savez-vous, Athéniens, pourquoi tous les généraux que vous envoyez à cette guerre, s'en éloignent, et vont combattre ailleurs pour leur propre compte, puisqu'il faut parler d'eux sans rien déguiser ? C'est que, chez vous, les prix de la victoire sont votre partage ; que si Amphipolis est emportée, elle devient aussitôt votre proie ; et qu'à vos généraux, vous laissez les dangers, sans vous occuper même de la paye militaire. Ailleurs, au contraire, outre que les dangers sont moins grands, les gratifications accordées aux généraux et aux soldats, sont Lampsaque, Sigée et les vaisseaux qu'ils

X. Φημὶ δὴ δεῖν	X. Je dis donc falloir
εἰσφέρειν χρήματα,	apporter *à la masse* des fonds,
ἐξιέναι αὐτοὺς προθύμως,	sortir *vous*-mêmes avec-ardeur,
αἰτιᾶσθαι μηδένα,	*n'*accuser personne,
πρὶν ἂν κρατήσητε	avant-que vous ayez pris-le-dessus
τῶν πραγμάτων·	des affaires;
τηνικαῦτα δὲ κρίναντας	puis alors, ayant jugé
ἀπὸ τῶν ἔργων αὐτῶν,	d'après les faits eux-mêmes,
τιμᾶν μὲν τοὺς ἀξίους ἐπαίνου,	d'un côté honorer ceux dignes d'éloge
κολάζειν δὲ τοὺς ἀδικοῦντας,	de l'autre châtier ceux agissant-mal,
ἀφελεῖν δὲ τὰς προφάσεις	et enlever les prétextes
καὶ τὰ ἐλλείμματα κατὰ ὑμᾶς·	et les torts contre vous;
οὐ γάρ ἐστιν	car il *n'*est pas *possible*
ἐξετάσαι πικρῶς	d'avoir recherché amèrement
τί πέπρακται τοῖς ἄλλοις,	quoi a été fait par les autres,
ἂν τὰ δέοντα	si les-choses devant *être faites*
μὴ ὑπάρξῃ πρῶτον	n'ont-lieu d'abord
παρὰ ὑμῶν αὐτῶν.	de-par vous mêmes.
Τίνος ἕνεκα γάρ,	A cause de quoi en effet,
ὦ ἄνδρες Ἀθηναῖοι,	ô hommes Athéniens,
νομίζετε πάντας στρατηγούς,	pensez-vous tous les généraux,
ὅσους ἂν ἐκπέμψητε,	ceux que vous pouvez-avoir-envoyés,
φεύγειν μὲν τοῦτον τὸν πόλεμον,	s'éloigner de cette guerre,
εὑρίσκειν δὲ πολέμους ἰδίους,	et *se* trouver des guerres propres,
εἰ δεῖ καὶ περὶ τῶν στρατηγῶν	si il faut aussi sur les généraux
εἰπεῖν τι τῶν ὄντων;	dire quelqu'une des-choses étant?
ὅτι ἐνταῦθα μὲν	Parce que ici d'une part
τὰ ἆθλα ὑπὲρ ὧν ὁ πόλεμός ἐστιν,	les prix pour lesquels la guerre est,
ἐστὶν ὑμέτερα	sont vôtres
(ἂν Ἀμφίπολις ληφθῇ,	(si Amphipolis a été prise,
παραχρῆμα ὑμεῖς	aussitôt vous
κομιεῖσθε αὐτήν),	emporterez elle),
οἱ δὲ κίνδυνοι ἴδιοι	mais les dangers *sont* propres
τῶν ἐφεστηκότων,	à ceux commandant,
μισθὸς δὲ οὐκ ἔστιν·	et récompense n'est pas *à eux;*
ἐκεῖ δὲ	là d'autre-part
κίνδυνοι μὲν ἐλάττους,	et des dangers moindres *sont,*
τὰ δὲ λήμματα [τῶν,	et les prises *sont la propriété*
τῶν ἐφεστηκότων καὶ τῶν στρατιω-	des chefs et des soldats,
Λάμψακος, Σίγειον,	Lampsaque, Sigée,

κος, Σίγειον, τὰ πλοῖα ἃ συλῶσιν. Ἐπ' οὖν τὸ λυσιτελοῦν αὐτοῖς ἕκαστοι χωροῦσιν. Ὑμεῖς δὲ, ὅταν μὲν εἰς τα πράγματα ἀποβλέψητε φαύλως ἔχοντα, τοὺς ἐφεστηκότας κρίνετε· ὅταν δὲ δόντες λόγον τὰς ἀνάγκας ἀκούσητε ταύτας, ἀφίετε. Περίεστι τοίνυν ὑμῖν ἀλλήλοις ἐρίζειν καὶ διεστάναι, τοῖς μὲν ταῦτα πεπεισμένοις, τοῖς δὲ ταῦτα, τὰ κοινὰ δ' ἔχειν φαύλως.

XI. Πρότερον μὲν γὰρ, ὦ ἄνδρες Ἀθηναῖοι, εἰσεφέρετε κατὰ συμμορίας [1], νυνὶ δὲ πολιτεύεσθε κατὰ συμμορίας· ῥήτωρ ἡγεμὼν ἑκατέρων, καὶ στρατηγὸς ὑπὸ τούτῳ, καὶ οἱ βοησόμενοι τριακόσιοι· οἱ δ' ἄλλοι προσνενέμησθε, οἱ μὲν ὡς τούτους, οἱ δὲ ὡς ἐκείνους. Δεῖ δὴ ταῦτα ἐπανέντας, καὶ ὑμῶν αὐτῶν ἔτι καὶ νῦν γενομένους, κοινὸν καὶ τὸ λέγειν καὶ τὸ βουλεύεσθαι καὶ τὸ πράττειν ποιῆσαι. Εἰ δὲ τοῖς μὲν, ὥσπερ ἐκ τυραννίδος, ὑμῶν ἐπιτάττειν ἀποδώσετε, τοῖς δ' ἀναγκάζεσθαι τριηραρχεῖν, εἰσφέρειν, στρατεύεσθαι,

enlèvent : or, chacun court où son intérêt l'appelle. Cependant vos affaires prennent-elles un aspect alarmant : alors vous jugez ces généraux ; et si, admis à se défendre, ils allèguent la nécessité où ils se sont vus réduits, vous les renvoyez absous. Alors il vous reste vos disputes, vos dissensions : ceux-ci sont d'un avis, ceux-là d'un autre; et dans l'État, tout va mal.

XI. Autrefois c'était par classes que vous contribuiez; aujourd'hui, c'est par classes que vous traitez des affaires publiques. Chacun des deux partis est commandé par un orateur; cet orateur a sous lui un général et les trois cents qui l'aident de leurs cris· vous tous, on vous attache, les uns à ceux-ci, les autres à ceux-là. Certes il est nécessaire que, renonçant à cet état de choses, vous rentriez aujourd'hui dans votre ancienne indépendance, et que vous rendiez à chaque Athénien le droit de parler, de délibérer et d'agir. Si au contraire parmi vous, vous chargez arbitrairement les uns de commander si vous contraignez les autres à équiper des galères, à payer les contributions, à marcher à la guerre; d'autres encore, à porter des dé-

τὰ πλοῖα ἃ συλῶσι.
Χωροῦσιν οὖν ἕκαστοι
ἐπὶ τὸ λυσιτελοῦν αὐτοῖς.
Ὑμεῖς δὲ,
ὅταν μὲν ἀποβλέψητε
εἰς τὰ πράγματα ἔχοντα φαύλως,
κρίνετε τοὺς ἐφεστηκότας·
ὅταν δὲ δόντες λόγον
ἀκούσητε ταύτας τὰς ἀνάγκας,
ἀφίετε.
Περίεστι τοίνυν ὑμῖν
ἐρίζειν ἀλλήλοις,
καὶ διεστάναι,
τοῖς μὲν πεπεισμένοις ταῦτα,
τοῖς δὲ ταῦτα,
τὰ δὲ κοινὰ ἔχειν φαύλως.
XI. Πρότερον μὲν γάρ,
ὦ ἄνδρες Ἀθηναῖοι,
εἰσεφέρετε κατὰ συμμορίας,
νυνὶ δὲ
πολιτεύεσθε κατὰ συμμορίας·
ῥήτωρ ἡγεμὼν
ἑκατέρων,
καὶ ὑπὸ τούτῳ στρατηγός,
καὶ οἱ τριακόσιοι βοησόμενοι·
οἱ δὲ ἄλλοι προσνενέμησθε,
οἱ μὲν ὡς τούτους,
οἱ δὲ ὡς ἐκείνους.
Δεῖ δὴ ἐπανέντας ταῦτα,
καὶ ἔτι καὶ νῦν
γενομένους ὑμῶν αὐτῶν,
ποιῆσαι κοινὸν καὶ τὸ λέγειν
καὶ τὸ βουλεύεσθαι
καὶ τὸ πράττειν.
Εἰ δὲ τοῖς μὲν ὑμῶν
ἀποδώσετε ἐπιτάττειν,
ὥσπερ ἐκ τυραννίδος,
τοῖς δὲ ἀναγκάζεσθαι
τριηραρχεῖν,
εἰσφέρειν, στρατεύεσθαι,

les navires que ils capturent.
Ils vont donc chacun
vers le étant-avantageux à eux.
Mais vous,
lorsque d'une-part vous jetez-les-yeux
sur les affaires étant mal,
vous jugez les chefs ;
puis quand, ayant donné la parole,
vous avez entendu ces nécessités,
vous renvoyez *eux absous*
Il reste en-conséquence à vous
de *vous* quereller les uns les autres.
et d'être divisés,
les uns étant convaincus de ceci,
les autres *étant convaincus* de cela,
et les *affaires* publiques être mal.
XI. Car précédemment d'une-part,
ô hommes Athéniens,
vous contribuiez par symmories,
maintenant d'autre-part
vous administrez par symmories :
un orateur *est* chef
de chacun-des-deux *partis*,
et sous celui-ci un général,
et les trois cents devant crier ;
puis *vous* autres vous vous rangez,
les uns d'une-part vers ceux-ci,
les autres d'autre-part vers ceux-là.
Il faut donc *vous* ayant laissé cela,
et encore même maintenant
étant devenus *maîtres* de vous-mêmes
rendre commun et le parler
et le délibérer
et le agir.
Mais si aux uns de vous d'une-part
vous donnerez de commander,
comme en vertu d'un pouvoir-absolu
aux autres d'autre-part d'être forcés
d'équiper-des-vaisseaux,
de contribuer, de porter-les-armes,

τοῖς δὲ ψηφίζεσθαι κατὰ τούτων μόνον, ἄλλο δὲ μηδ' ὁτιοῦν συμπονεῖν, οὐχὶ γενήσεται τῶν δεόντων ὑμῖν οὐδὲν ἐν καιρῷ· τὸ γὰρ ἠδικημένον ἀεὶ μέρος ἐλλείψει, εἶθ' ὑμῖν τούτους κολάζειν ἀντὶ τῶν ἐχθρῶν περιέσται.

Λέγω δὴ κεφάλαιον, πάντας εἰσφέρειν, ἀφ' ὅσων ἕκαστος ἔχει, τὸ ἴσον· πάντας ἐξιέναι κατὰ μέρος, ἕως ἂν ἅπαντες στρατεύσησθε· πᾶσι τοῖς παριοῦσι λόγον διδόναι, καὶ τὰ βέλτιστα ὧν ἂν ἀκούσητε αἱρεῖσθαι, μὴ ἃ ἂν ὁ δεῖνα ἢ ὁ δεῖνα εἴπῃ. Κἂν ταῦτα ποιῆτε, οὐ τὸν εἰπόντα μόνον παραχρῆμα ἐπαινέσεσθε, ἀλλὰ καὶ ὑμᾶς αὐτοὺς ὕστερον, πολλῷ βέλτιον τῶν ὅλων πραγμάτων ὑμῖν ἐχόντων.

crets uniquement contre ces derniers sans partager aucune de leurs charges; rien, dans les besoins de l'État, ne se fera à propos; ceux que vous aurez accablés ne seront jamais prêts; et ensuite, ce sera eux, et non plus l'ennemi, que vous aurez à châtier.

Je me résume, et je dis que vous devez tous payer l'impôt, également réparti selon les moyens de chacun; entrer en campagne tour à tour jusqu'à ce que vous ayez tous pris part à la guerre : accorder la parole à tous les citoyens présents; et, après avoir écouté les avis, donner la préférence aux meilleurs, et non à ceux que tel ou tel aura présentés. Si vous prenez ce parti, non-seulement vous donnerez sur le champ des louanges à l'orateur, mais dans la suite, vous vous en donnerez à vous-mêmes, en voyant l'exemple de vos affaires dans un état beaucoup plus florissant.

τοῖς δὲ μόνον
ψηφίζεσθαι κατὰ τούτων,
συμπονεῖν δὲ
μηδὲ ὁτιοῦν ἄλλο,
οὐδὲν τῶν δεόντων
οὐχὶ γενήσεται ὑμῖν ἐν καιρῷ·
τὸ γὰρ μέρος ἠδικημένον
ἐλλείψει ἀεὶ,
εἶτα περιέσται ὑμῖν
κολάζειν τούτους ἀντὶ τῶν ἐχθρῶν.
Λέγω δὴ κεφάλαιον,
πάντας εἰσφέρειν τὸ ἴσον
ἀπὸ ὅσων ἕκαστος ἔχει·
πάντας ἐξιέναι κατὰ μέρος,
ἕως ἂν ἅπαντες στρατεύσησθε·
διδόναι λόγον
πᾶσι τοῖς παριοῦσι,
καὶ αἱρεῖσθαι τὰ βέλτιστα
ὧν ἂν ἀκούσητε,
μὴ ἃ ἂν ὁ δεῖνα ἢ ὁ δεῖνα εἴπῃ.
Καὶ ἐὰν ποιῆτε ταῦτα,
οὐ μόνον παραχρῆμα
ἐπαινέσεσθε τὸν εἰπόντα,
ἀλλὰ καὶ ὕστερον ὑμᾶς αὐτοὺς,
τῶν πραγμάτων ὅλων
ἐχόντων πολλῷ βέλτιον ὑμῖν.

aux autres d'autre-part seulement
de décréter contre ceux-ci,
et de n'aider *au bien public*
en rien autre-chose,
rien des choses nécessaires
ne sera pour vous à temps,
car la partie *des citoyens* lésée
fera-défaut toujours,
et ensuite il restera à vous
de punir eux au lieu des ennemis.
Je dis donc *en* résumé (je veux)
tous contribuer *pour* la *part* égale
d'après ce-que chacun a;
tous sortir par portion,
jusqu'à ce que tous vous ayez servi,
donner la parole
à tous ceux se présentant,
et choisir les meilleures choses
de ce-que vous aurez entendu,
non ce-que tel ou tel aura dit.
Et si vous faites ceci,
non-seulement sur-le-champ
vous louerez celui ayant parlé,
mais encore plus tard vous-mêmes,
les affaires entières
étant beaucoup mieux pour vous.

NOTES

SUR LA DEUXIÈME OLYNTHIENNE.

Page 38.—1. Πολεμήσοντας. De ce futur on conclut que cette Olynthienne est réellement la première, malgré l'usage qui a prévalu de la regarder comme la seconde.

2. Διαλλαγας, traités de transition *entre* (διά) les diverses époques d'une guerre, diffère de καταλλαγαί, traités définitifs mettant *à bas* (κατά) la guerre.

3. Δαιμονία, moins fort et plus vague que θεία, représente la protection d'un génie intermédiaire entre Dieu et l'homme, entre autres, le sort, la Fortune : εὐδαίμων, κακοδαίμων.

4. Δεῖ... τοῦτο... σκοπεῖν..., ὅπως μὴ...δόξομεν...—Examinons *ceci*, savoir, *par quel moyen* nous ne paraîtrons pas...— On pourrait encore, dans ce sens, construire : ... ὅπως ἂν μὴ δόξωμεν, parce que ἄν, suivi du subjonctif aoriste, équivaut à un futur. Mais avec le subjonctif sans ἄν, le sens serait différent : examinons *cela* (ce qui vient d'être indiqué), *afin que* nous ne paraissions pas...

Page 40.—1. Πόλεων καὶ τόπων. Amphipolis, Pydna, Potidée, Méthone, etc.

2. Φαίνεσθαι s'oppose à δοκεῖν, comme *apparere* à *videri*, comme *être évident* à *paraître*.

3. Συμμάχων τε καὶ καιρῶν. Les Olynthiens et l'occasion du siége de leur ville par Philippe.

4. Αἰσχύνην ὠφλήκατε. Ὄφλειν (R. ὀφείλειν) signifia d'abord *devoir*: devoir une amende, ὄφλειν ζημίαν; par suite, on a dit *devoir un procès*, pour *être condamné à la peine déterminée par la sentence résultant d'un procès*, ὄφλειν δίκην; de là les sens de *subir la peine de*, *encourir*, dans les expressions ὄφλειν αἰσχύνην, γέλωτα, etc.

5. Ἐνθένδε, de cette tribune, de cette assemblée. Allusion aux orateurs qui *philippisaient*. Ce sens résulte de ce qui va suivre : ὧν... ὑμῖν δίκην προσήκει λαβεῖν.

Page 42.—1. Ἥκει a toujours le sens d'un passé, *est venu*. Ἥκω, je suis venu, me voici.

Page 44.—1. Ὅτε Ὀλυνθίους... Les Olynthiens effrayés, lors du siége d'Amphipolis par Philippe, avaient envoyé des députés à Athènes pour solliciter l'alliance des Athéniens. Quelques orateurs, vendus à Philippe, les firent exclure de l'assemblée (ἐνθένδε), promettant au nom de ce prince que la ville une fois prise serait rendue aux Athéniens.

2. Τὸ θρυλούμενόν ποτε ἀπόῤῥητον ἐκεῖνο. Suidas, d'après Théopompe, parle d'une députation envoyée par les Athéniens à Philippe pour traiter d'une alliance, et ajoute que ces envoyés cherchèrent à obtenir son intervention secrète pour la prise d'Amphipolis, sous la promesse de lui livrer Pydna. Est-ce à ce fait que Démosthène fait allusion dans cet obscur passage, et veut-il dire que cette fameuse demande

d'intervention secrète (ἀπόῤῥητον), qui fit tant de bruit alors (θρυλούμενον), fut encore une machination de Philippe (κατασκευάσαι) pour surprendre la simplicité des Athéniens, en ce sens qu'à son instigation, et pour lui ouvrir des prétentions sur Pydna, des orateurs à lui vendus auraient décidé les Athéniens à entamer ces négociations?

3. Προσαγαγόμενον. Προσάγεσθαι, comme le προσλαμβάνων qui est quelques lignes plus bas, signifie proprement *se concilier*, *amener à soi*, *confisquer à son profit*, ici avec une idée accessoire de surprise par des manœuvres frauduleuses.

4. Μαγνησίαν, ville de Thessalie.

5. Τὸν Φωκικὸν πόλεμον, la guerre sacrée contre les Phocéens, qui avaient cultivé des terres consacrées à Apollon. Elle pesait surtout sur les Thessaliens, qu'elle épuisait par sa durée, quand Philippe se chargea de la continuer pour eux. Commencée en 357, elle ne fut terminée qu'en 346 av. J. C.

Page 46 — 1. Ἀνεχαίτισε, proprement *secoue violemment sa crinière* contre le joug (en parlant d'un cheval) et par suite le *renverse*; d'où le sens plus vague de *renverser*, *culbuter*. L'aoriste indique un présent de simple habitude; c'est le *solet* des Latins avec un infinitif, moins précis que le présent réel.

Page 48.— 1. Ηὔξησεν. Cet aoriste, isolé au milieu de tous les autres verbes au présent, indique deux choses à la fois : une éventualité plus forte que celle de ἀντέχει, en rapport avec ἂν τύχῃ; mais aussi un fait passé, accompli en la personne de Philippe, qui, en fait d'espérances, a été on ne peut plus florissant.

2. Παγασάς, en Thessalie, sur la côte.

Page 50 — 1. Δεικτέον... εἰσφέροντας... Construction qui s'explique facilement par la décomposition : δεῖ ὑμᾶς εἰσφέροντας. . δεικνύναι.

2. Ἐπὶ Τιμοθέου. Timothée, avec le secours d'Amyntas IV, avait forcé les Olynthiens à se rendre (364).

3. Πρὸς Ποτίδαιαν Ὀλυνθίοις. Voy. plus haut, ch. 3.

Page 52— 1. Ἐπὶ τὴν τυραννικὴν οἰκίαν. Appelé en 356 par les Aléva-des contre Tisiphonus, Pitholaus et Lycophron, meurtriers et successeurs d'Alexandre, tyran de Phères, Philippe délivra la Thessalie de cette famille, mais au prix d'énormes concessions, des revenus de leurs foires et de leurs villes de commerce, ainsi que de la liberté de leurs chantiers et de leurs ports.

Page 54 — 1. Πεζέταιροι, fantassins d'élite, compagnons assidus et espèce de gardes du corps du prince.

Page 56—1. Καλλίαν... τὸν δημόσιον. On appelait δημόσιοι des esclaves publics, chargés de certains emplois de police, geôliers, greffiers, etc.

Page 60 — 1. Μή τί γε δή correspond tout à fait au *ne-dum* des Latins, et sa construction trouve à peu près son équivalente dans la tournure française *ce n'est pas pour* : vous ne le demanderiez pas à un ami, *ce n'est pas pour* aller le demander à un dieu.

2. Λακεδαιμονίοις... Allusion à la guerre de Béotie, dont Démosthène parle déjà dans sa première Philippique, ch. 1er.

3. Πάντας. Allusion aux guerres Médiques

4. Τὰ ὑμέτερ' αὐτῶν, Amphipolis, Pydna, etc.

Page 62. — 1. Πόσον πολεμεῖτε χρόνον. La prise d'Amphipolis, à laquelle commence la guerre contre Philippe. était de 356; il y avait donc déjà dix ans que duraient les hostilités.

Page 64. — 1. Ἐλλείμματα. Allusion principalement aux fonds destinés à la guerre et employés en spectacles. Voy. la troisième Olynthienne, ch. VI, vers la deuxième moitié.

2. Ἰδίους δ' εὑρίσκειν πολέμους. Charès, chargé de reprendre Amphipolis, avait déserté sa mission pour aider Artabaze dans sa revolte contre le grand roi, et avait reçu en récompense Lampsaque et Sigée, villes de la Troade, près de l'Hellespont (356).

Page 66 — 1. Κατὰ συμμορίας. « Autrefois, dit Démosthène, vous contribuiez par symmories. » Voici quel était le système des symmories : Pour faciliter la rentrée des impôts, chacune des dix tribus faisait choix de ses cent vingt plus riches citoyens, qu'elle chargeait d'acquitter en son nom les charges de l'État ; ceux-ci se subdivisaient en deux codivisions (συμμορίαι), composées, l'une des soixante plus riches, l'autre des soixante moins riches d'entre eux. Ainsi les douze cents plus riches citoyens d'Athènes se trouvaient répartis en vingt symmories, dont dix plus riches que les dix autres ; sur les six cents citoyens dont se composaient les dix plus riches symmories, on prenait encore les trois cents plus riches, et ces derniers, chargés au besoin, et sauf remboursement ultérieur, de fournir les fonds nécessaires, avaient évidemment la plus grande influence dans l'administration politique. Jusqu'ici tout est clair. Mais maintenant que veut dire Démosthène, lorsqu'il ajoute : « Aujourd'hui vous administrez par symmories ? » Veut-il dire que chaque symmorie au lieu de s'occuper des affaires financières s'est erigée en club politique ? Non. Dans ce second passage, le κατὰ συμμορίας n'est plus qu'une métaphore, une façon de parler, et n'indique que la division des Athéniens qui devraient former un tout compacte, ainsi qu'il le dit plus bas (κοινὸν καὶ τὸ λέγειν... ποιῆσαι), en deux codivisions ou symmories en quelque sorte, composées, l'une des partisans de Philippe, l'autre de ses adversaires, ce qu'il indique clairement par le ἑκατέρων. Et ces factions encore, qui les dirige ? Sont-ce les hommes qui par leurs richesses devraient avoir l'influence ? Non. Chacune a son orateur, qui règne sur elle en despote, et traîne enchaînés à son char et les généraux de l'État (καὶ στρατηγὸς ὑπὸ τούτῳ) et les riches qui devraient avoir l'influence, et qu'il appelle ici, en poursuivant sa métaphore, les trois cents, se réduisant à venir applaudir de leurs cris l'orateur de l'un ou de l'autre parti (καὶ οἱ βοησόμενοι τριακόσιοι), et enfin la masse des autres citoyens moins importants, qui, à leur exemple, se divisent, et prennent parti pour les ennemis ou les amis de Philippe.

ARGUMENT ANALYTIQUE

DE LA TROISIÈME OLYNTHIENNE.

I. Tous les orateurs posent la question du châtiment de Philippe. Il faudrait d'abord aviser aux moyens de sauver de ses attaques les alliés et Athènes elle-même.

II. Ces moyens, faciles à trouver, sont difficiles à exposer devant des hommes qui préfèrent la flatterie à la franchise. Démosthène les indiquera pourtant. Mais avant, il rappelle un fait qui prouve combien est passager le zèle des Athéniens, et combien leur indolence est funeste.

III. Le siége d'Olynthe est une nouvelle occasion qu'il ne faut pas perdre comme les précédentes. Avantages de cette occasion. Honte et dangers qu'il y aurait à la négliger.

IV. Quant aux moyens de secourir Olynthe, les avis ne manqueront pas, pourvu qu'on commence par charger des nomothètes d'abolir certaines lois relatives aux fonds de théâtre et aux armées, et qu'on rende ainsi la sécurité aux orateurs bien intentionnés et intelligents.

V. De plus, il ne faut pas oublier qu'impuissants par eux-mêmes, les décrets ne peuvent quelque chose que par l'énergie de ceux qui les exécutent. Or l'énergie est la seule chose qui manque aux Athéniens. Qu'ils la recouvrent donc enfin dans des circonstances si pressantes, et qu'ils agissent tous au lieu de s'imputer les uns aux autres des fautes que tous partagent.

VI Outre cela, qu'ils écoutent sans passion tous les orateurs qui se présenteront à la tribune, sachant préférer l'utile à l'agréable, et juger des faits d'après la réalité, et non d'après le désir qu'ils ont de les trouver tels ou tels.

VII. Au surplus, de quelque manière que les Athéniens doivent prendre ses paroles, Démosthène donnera franchement son avis, convaincu que tel est le devoir d'un bon citoyen. Ce fut toujours ainsi qu'agirent les anciens, et la république s'en est mieux trouvée que des flatteries des orateurs du jour.

VIII Tableau de la prospérité des anciens. Vie publique et privée des grands hommes de cette époque. Ils étaient pauvres et modestes.

IX. Tableau opposé de la misère actuelle de la république et de la fortune privée de ceux qui l'administrent.

X. Ce contraste vient de ce qu'autrefois le peuple était le maître de ses administrants, tandis qu'aujourd'hui ce sont les administrants qui tiennent le peuple en servitude. Il est grand temps de se soustraire à cet humiliant esclavage, en abolissant les moyens de corruption qu'on emploie pour y réduire le peuple

XI. Répartition égale des fonds du trésor, et aussi de toutes les charges de l'État : tel est le moyen que propose en terminant Démosthène, comme le seul qui puisse maintenir les Athéniens au rang que leur ont légué leurs ancêtres.

ΔΗΜΟΣΘΕΝΟΥΣ

ΟΛΥΝΘΙΑΚΟΣ Γ.

I. Οὐχὶ ταὐτὰ παρίσταταί μοι [1] γιγνώσκειν, ὦ ἄνδρες Ἀθηναῖοι, ὅταν τε εἰς τὰ πράγματα ἀποβλέψω, καὶ ὅταν πρὸς τοὺς λόγους οὓς ἀκούω· τοὺς μὲν γὰρ λόγους περὶ τοῦ τιμωρήσασθαι Φίλιππον ὁρῶ γιγνομένους, τὰ δὲ πράγματα εἰς τοῦτο προήκοντα, ὥστε, ὅπως μὴ πεισόμεθα αὐτοὶ πρότερον κακῶς, σκέψασθαι δέον. Οὐδὲν οὖν ἄλλο μοι δοκοῦσιν οἱ τὰ τοιαῦτα λέγοντες, ἢ τὴν ὑπόθεσιν, περὶ ἧς βουλεύεσθε, οὐχὶ τὴν οὖσαν παριστάντες ὑμῖν, ἁμαρτάνειν. Ἐγὼ δ' ὅτι μέν ποτ' ἐξῆν τῇ πόλει καὶ τὰ αὑτῆς ἔχειν ἀσφαλῶς καὶ Φίλιππον τιμωρήσασθαι, καὶ μάλα ἀκριβῶς οἶδα· ἐπ' ἐμοῦ [2] γάρ, οὐ πάλαι, γέγονε ταῦτα ἀμφότερα. Νῦν μέντοι πέπεισμαι τοῦθ' ἱκανὸν προλαβεῖν ἡμῖν εἶναι

I. Il m'est impossible de concilier mes idées entre elles, Athéniens, quand je vois l'état de nos affaires, et quand j'entends les discours de nos orateurs. Je remarque en effet qu'il n'est question dans les discours que de châtier Philippe, tandis que nous sommes réduits par l'état de nos affaires à aviser aux moyens de n'être pas nous-mêmes les premiers en butte à ses insultes. Il me semble donc que ceux qui vous tiennent un tel langage, s'abusent et vous égarent, en vous présentant sous un faux jour l'objet de vos délibérations. Athènes a pu autrefois et posséder en sûreté ses propres domaines et châtier Philippe; je le sais, je le sais parfaitement moi-même; car moi-même j'ai vu le temps, et il n'est pas éloigné, où vous avez fait l'un et l'autre. Mais je n'en persiste pas moins à croire qu'il suffit aujourd'hui de pren-

DÉMOSTHÈNE.

OLYNTHIENNE III.

1. Οὐχὶ παρίσταταί μοι,	I. Il ne se présente pas à moi,
ὦ ἄνδρες Ἀθηναῖοι,	ô hommes Athéniens,
γιγνώσκειν τὰ αὐτὰ,	de penser les mêmes-choses,
ὅταν τε ἀποβλέψω	et quand je jette-les-yeux
εἰς τὰ πράγματα,	sur les affaires,
καὶ ὅταν πρὸς τοὺς λόγους	et quand vers les discours
οὓς ἀκούω·	que j'entends :
ὁρῶ γὰρ μὲν	car je vois d'une-part
τοὺς λόγους γιγνομένους	les discours ayant-lieu
περὶ τοῦ τιμωρήσασθαι Φίλιππον,	sur le avoir châtié Philippe,
τὰ δὲ πράγματα	d'autre-part les affaires
προήκοντα εἰς τοῦτο,	venues à ce *point*,
ὥστε δέον σκέψασθαι	que *il est* nécessaire d'examiner
ὅπως αὐτοὶ	par-quel-moyen nous-mêmes
μὴ πεισόμεθα κακῶς πρότερον.	ne souffrirons pas mal d'abord.
Οἱ οὖν λέγοντες τὰ τοιαῦτα	Donc ceux disant les choses telles
δοκοῦσί μοι οὐδὲν ἄλλο	semblent à moi rien autre-chose
ἢ ἁμαρτάνειν παριστάντες ὑμῖν	que se tromper en présentant à vous
οὐχὶ τὴν οὖσαν	non celui qui est (non tel qu'il est)
τὴν ὑπόθεσιν περὶ ἧς βουλεύεσθε.	le sujet sur lequel vous délibérez.
Ἐγὼ δὲ οἶδα	Mais moi je sais
καὶ μάλα ἀκριβῶς	même très-exactement
ὅτι ποτὲ μὲν	que autrefois il-est-vrai
ἐξῆν τῇ πόλει	il fut-possible à la république
καὶ ἔχειν ἀσφαλῶς τὰ αὑτῆς	et d'avoir sûrement les-choses d'elle
καὶ τιμωρήσασθαι Φίλιππον·	et d'avoir châtié Philippe ;
ταῦτα γὰρ ἀμφότερα γέγονεν	car ces choses toutes-deux ont-eu-lieu
ἐπὶ ἐμοῦ, οὐχὶ πάλαι.	du-temps-de moi, non anciennement.
Νῦν μέντοι	Cependant aujourd'hui
πέπεισμαι	je suis persuadé
τοῦτο εἶναι ἱκανὸν ἡμῖν	ceci être suffisant à nous

τὴν πρώτην, ὅπως τοὺς συμμάχους σώσομεν. Ἐὰν γὰρ τοῦτο βεβαίως ὑπάρξῃ, τότε καὶ περὶ τοῦ τίνα τρόπον τιμωρήσεταί τις ἐκεῖνον, ἐξέσται σκοπεῖν· πρὶν δὲ τὴν ἀρχὴν ὀρθῶς ὑποθέσθαι, μάταιον ἡγοῦμαι περὶ τῆς τελευτῆς ὁντινοῦν ποιεῖσθαι λόγον.

II. Ὁ μὲν οὖν παρὼν καιρὸς, ὦ ἄνδρες Ἀθηναῖοι, εἴπερ ποτὲ, πολλῆς φροντίδος καὶ βουλῆς δεῖται. Ἐγὼ δὲ, οὐχ ὅ τι χρὴ περὶ τῶν παρόντων συμβουλεῦσαι χαλεπώτατον ἡγοῦμαι, ἀλλ ἐκεῖνο ἀπορῶ, τίνα χρὴ τρόπον, ὦ ἄνδρες Ἀθηναῖοι, πρὸς ὑμᾶς περὶ αὐτῶν εἰπεῖν· πέπεισμαι γὰρ ἐξ ὧν παρὼν καὶ ἀκούων σύνοιδα, τὰ πλείω τῶν πραγμάτων ὑμᾶς ἐκπεφευγέναι τῷ μὴ βούλεσθαι τὰ δέοντα ποιεῖν, οὐ τῷ μὴ συνιέναι. Ἀξιῶ δὲ ὑμᾶς, ἂν μετὰ παῤῥησίας ποιῶμαι τοὺς λόγους, ὑπομένειν, τοῦτο θεωροῦντας εἰ τἀληθῆ λέγω, καὶ διὰ τοῦτο ἵνα τὰ λοιπὰ βελτίω γένηται· ὁρᾶτε γὰρ ὡς ἐκ τοῦ πρὸς χάριν δημηγορεῖν ἐνίους, εἰς

dre avant tout des mesures pour sauver nos alliés Une fois en effet leur salut assuré, nous pourrons aborder aussi la question du châtiment de Philippe; mais, avant d'avoir bien établi le principe, il est inutile, selon moi, d'ouvrir aucune discussion sur les conséquences.

II. Si jamais, Athéniens, il a fallu de la réflexion et du conseil, c'est surtout dans la circonstance présente. Pour moi, ce qui me semble le plus difficile ici, ce n'est pas de déterminer les conseils qu'il importe de vous donner, mais bien, et c'est là, Athéniens, que je suis vraiment embarrassé, de déterminer la manière de vous les présenter. C'est qu'en effet je suis convaincu, d'après ce que j'ai vu et entendu, que la plupart des occasions ont été perdues pour vous, bien plus pour n'avoir pas voulu que pour n'avoir pas compris les mesures nécessaires Je vous en conjure donc, si je vous parle avec franchise, souffrez-le, et ne considérez qu'une chose, si je dis la vérité et si je la dis dans le but de préparer un avenir meilleur. Vous voyez en effet dans quel abîme les flatteries de quelques-uns de vos orateurs ont précipité la

προλαβεῖν τὴν πρώτην	d'avoir pris tout-d'abord *le moyen*
ὅπως σώσομεν τοὺς συμμάχους.	comment nous sauverons les alliés.
Ἐὰν γὰρ τοῦτο ὑπάρξῃ βεβαίως,	Car si ceci est *établi* solidement,
τότε ἐξέσται σκοπεῖν καὶ	alors il sera-possible d'examiner aussi
περὶ τοῦ τίνα τρόπον	sur le *de* quelle manière
τὶς τιμωρήσεται ἐκεῖνον·	on punira celui-là;
πρὶν δὲ ὑποθέσθαι	mais avant d'avoir basé
τὴν ἀρχὴν ὀρθῶς,	le principe convenablement,
ἡγοῦμαι μάταιον ποιεῖσθαι	je pense vain de faire
λόγον ὀντινοῦν περὶ τῆς τελευτῆς.	un discours quelconque sur la fin.
II. Ὁ μὲν οὖν καιρὸς παρὼν,	II. Donc et l'occasion présente,
ὦ ἄνδρες Ἀθηναῖοι,	ô hommes Athéniens,
δεῖται, εἴπερ ποτὲ,	a besoin, si jamais *besoin fut*,
πολλῆς φροντίδος καὶ βουλῆς.	de grande réflexion et de conseil;
Ἐγὼ δὲ οὐχ ἡγοῦμαι χαλεπώτατον,	et moi je ne pense pas très-difficile
ὅ τι χρὴ συμβουλεῦσαι	ce qu'il faut conseiller
περὶ τῶν παρόντων,	au-sujet des-choses présentes,
ἀλλὰ ἀπορῶ ἐκεῖνο,	mais je suis-au-dépourvu *sur* cela,
τίνα τρόπον χρὴ,	*de* quelle manière il faut,
ὦ ἄνδρες Ἀθηναῖοι,	ô hommes Athéniens,
εἰπεῖν πρὸς ὑμᾶς περὶ αὐτῶν·	parler à vous sur elles;
πέπεισμαι γὰρ	car je suis convaincu,
ἐξ ὧν σύνοιδα	d'après ce-que je sais
παρὼν καὶ ἀκούων,	assistant *ici* et entendant,
τὰ πλείω τῶν πραγμάτων	les plus nombreuses des affaires
ἐκπεφευγέναι ὑμᾶς	s'être échappées de vous
τῷ μὴ βούλεσθαι	par le *vous* ne vouloir pas
ποιεῖν τὰ δέοντα,	faire les-choses nécessaires,
οὐ τῷ μὴ συνιέναι.	non par le ne pas comprendre *elles*
Ἀξιῶ δὲ ὑμᾶς,	Or je demande-comme-juste vous,
ἂν ποιῶμαι τοὺς λόγους	si je fais *mes* discours
μετὰ παῤῥησίας,	avec franchise,
ὑπομένειν,	supporter *eux*,
θεωροῦντας τοῦτο,	considérant ceci,
εἰ λέγω τὰ ἀληθῆ,	si je dis les choses vraies,
καὶ διὰ τοῦτο	et en-vue-de ceci
ἵνα τὰ λοιπὰ γένηται βελτίω·	afin-que le reste devienne meilleur
ὁρᾶτε γὰρ ὡς	car vous voyez comme,
ἐκ τοῦ ἐνίους δημηγορεῖν	d'après le quelques-uns haranguer
πρὸς χάριν	en-vue-du *faire* plaisir,

πᾶν προελήλυθε μοχθηρίας τὰ παρόντα [πράγματα]. Ἀναγκαῖον δὲ ὑπολαμβάνω μικρὰ τῶν γεγενημένων πρῶτον ὑμᾶς ὑπομνῆσαι.

Μέμνησθε, ὦ ἄνδρες Ἀθηναῖοι, ὅτ' ἀπηγγέλθη Φίλιππος ὑμῖν ἐν Θρᾴκῃ, τρίτον ἢ τέταρτον ἔτος τουτί, Ἡραῖον τεῖχος [1] πολιορκῶν, τότε τοίνυν μὴν μὲν ἦν Μαιμακτηριών [2]· πολλῶν δὲ λόγων καὶ θορύβου γιγνομένου παρ' ὑμῖν, ἐψηφίσασθε τετταράκοντα τριήρεις καθέλκειν, καὶ τοὺς μέχρι πέντε καὶ τετταράκοντα ἐτῶν [3] αὐτοὺς ἐμβαίνειν, καὶ τάλαντα ἑξήκοντα [4] εἰσφέρειν. Καὶ μετὰ ταῦτα διελθόντος τοῦ ἐνιαυτοῦ τούτου, Ἑκατομβαιὼν [5], Μεταγειτνιών, Βοηδρομιών· τούτου τοῦ μηνὸς μόγις μετὰ τὰ μυστήρια [6], δέκα ναῦς ἀπεστείλατε ἔχοντα κενὰς [7] Χαρίδημον [8] καὶ πέντε τάλαντα ἀργυρίου. Ὡς γὰρ ἠγγέλθη Φίλιππος ἀσθενῶν ἢ τεθνεὼς [9] (ἦλθε γὰρ ἀμφότερα), οὐκέτι καιρὸν οὐδένα τοῦ βοηθεῖν νομίσαντες, ἀφεῖτε, ὦ ἄνδρες Ἀθηναῖοι, τὸν ἀπόστολον. Ἦν δ' οὗτος ὁ καιρὸς αὐτός· εἰ γὰρ τότε ἐκεῖσε ἐβοηθήσαμεν, ὥσπερ

république. Mais je crois nécessaire de vous rappeler avant tout quelques faits antérieurs.

Souvenez-vous, Athéniens, du moment où l'on vous annonça, il y a trois ou quatre ans, que Philippe était en Thrace et assiégeait le fort d'Hérée : on était alors au mois de Mémactérion. Après bien des discours et bien du tumulte, vous décrétâtes qu'on mettrait en mer quarante galères, qu'on y ferait monter les citoyens eux-mêmes jusqu'à l'âge de quarante-cinq ans, et qu'on lèverait une contribution de soixante talents. Cependant l'année se passa; vinrent Hécatombéon, Métagitnion, Boédromion; et ce fut à peine si dans ce dernier mois, et encore après la célébration des mystères, vous fîtes partir Charidème avec dix vaisseaux vides et cinq talents d'argent. On avait annoncé la maladie ou la mort de Philippe (car les deux nouvelles se répandirent), et dès lors, ne voyant plus l'occasion d'envoyer du secours, vous aviez renoncé, Athéniens, à l'expédition! C'était là pourtant la véritable occasion d'agir; car si nous eussions alors secouru Hérée avec la même

τὰ πράγματα παρόντα προεληλυθεν
εἰς πᾶν μοχθηρίας.
Ὑπολαμβάνω δὲ ἀναγκαῖον
ὑπομνῆσαι ὑμᾶς πρῶτον
μικρὰ τῶν γεγενημένων.
Ὦ ἄνδρες Ἀθηναῖοι,
μέμνησθε ὅτε Φίλιππος
ἀπηγγέλθη ὑμῖν πολιορκῶν
τεῖχος Ἡραῖον ἐν Θράκῃ,
τουτὶ ἔτος
τρίτον ἢ τέταρτον,
τότε τοίνυν μὲν
ἦν μὴν Μαιμακτηριών·
πολλῶν δὲ λόγων
καὶ θορύβου γιγνομένου παρὰ ὑμῖν,
ἐψηφίσασθε καθέλκειν
τετταράκοντα τριήρεις,
καὶ τοὺς
μέχρι τετταράκοντα καὶ πέντε ἐτῶν
ἐμβαίνειν αὐτούς,
καὶ εἰσφέρειν ἑξήκοντα τάλαντα.
Καὶ μετὰ ταῦτα,
τούτου τοῦ ἐνιαυτοῦ διελθόντος,
Ἑκατομβαιών,
Μεταγειτνιών, Βοηδρομιών·
τούτου τοῦ μηνὸς μόγις
μετὰ τὰ μυστήρια
ἀπεστείλατε Χαρίδημον
ἔχοντα δέκα ναῦς κενὰς
καὶ πέντε τάλαντα ἀργυρίου.
Ὡς γὰρ Φίλιππος ἠγγέλθη
ἀσθενῶν ἢ τεθνεώς
ἀμφότερα γὰρ ἦλθε),
νομίσαντες οὐκέτι
οὐδένα καιρὸν τοῦ βοηθεῖν,
ἀφεῖτε τὸν ἀπόστολον,
ὦ ἄνδρες Ἀθηναῖοι.
Οὗτος δὲ ἦν ὁ καιρὸς αὐτός·
εἰ γὰρ τότε ἐβοηθήσαμεν ἐκεῖσε,
ὥσπερ ἐψηφισάμεθα,

les affaires présentes sont venues
à tout *en fait* de mauvais.
Mais je soupçonne nécessaire
de remémorer vous d'abord
quant à un-peu des choses arrivées.
O hommes Athéniens,
souvenez-vous lorsque Philippe
fut annoncé à vous assiégeant
le fort Héréen en Thrace,
cette année-*ci est*
la troisième ou quatrième *depuis*,
eh-bien alors d'une-part
était le mois Mémactérion;
d'autre-part beaucoup de discours
et du tumulte ayant-lieu parmi vous,
vous décrétâtes de traîner *en mer*
quarante galères,
et les *citoyens*
jusqu'à quarante et cinq ans
s'*y* embarquer eux-mêmes,
et d'apporter soixante talents.
Et après ces choses,
cette année ayant passé,
vinrent Hécatombéon,
Métagitnion, Boédromion :
en ce mois à-grand'-peine
après les mystères
vous envoyâtes Charidème
ayant dix vaisseaux vides
et cinq talents d'argent.
Car dès-que Philippe fut annoncé
malade ou mort
(car les deux *nouvelles* vinrent),
ayant pensé ne plus *y avoir*
aucune occasion du secourir,
vous abandonnâtes l'expédition,
ô hommes Athéniens.
Or celle-ci était l'occasion même :
car si alors nous avions secouru là,
comme nous avions décrété.

ἐψηφίσαμεθα, προθύμως, οὐκ ἂν ἠνώχλει νῦν ἡμῖν ὁ Φίλιππος σωθείς.

III. Τὰ μὲν δὴ τότε πραχθέντα οὐκ ἂν ἄλλως ἔχοι· νῦν δ' ἑτέρου πολέμου καιρὸς ἥκει τις, δι' ὃν καὶ περὶ τούτων ἐμνήσθην, ἵνα μὴ ταὐτὰ πάθητε. Τί δὴ χρησόμεθα, ὦ ἄνδρες Ἀθηναῖοι, τούτῳ; Εἰ γὰρ μὴ βοηθήσετε παντὶ σθένει κατὰ τὸ δυνατὸν, θεάσασθε ὃν τρόπον ὑμεῖς ἐστρατηγηκότες πάντα ἔσεσθε ὑπὲρ Φιλίππου. Ὑπῆρχον Ὀλύνθιοι δύναμίν τινα κεκτημένοι, καὶ διέκειθ' οὕτω τὰ πράγματα· οὔτε Φίλιππος ἐθάῤῥει τούτους, οὔθ' οὗτοι Φίλιππον. Ἐπράξαμεν ἡμεῖς κἀκεῖνοι πρὸς ἡμᾶς εἰρήνην· ἦν τοῦτο ὥσπερ ἐμπόδισμά τι τῷ Φιλίππῳ καὶ δυσχερὲς, πόλιν μεγάλην ἐφορμεῖν [1] τοῖς ἑαυτοῦ καιροῖς διηλλαγμένην πρὸς ἡμᾶς. Ἐκπολεμῶσαι δεῖν ᾠόμεθα τοὺς ἀνθρώπους ἐκ παντὸς τρόπου· καὶ ὃ πάντες ἐθρύλουν τέως, τοῦτο πέπρακται νυνὶ ὁπωσδήποτε [2]. Τί οὖν ὑπόλοιπον, ὦ ἄνδρες Ἀθηναῖοι, πλὴν βοηθεῖν ἐῤῥωμένως καὶ προθύμως; ἐγὼ μὲν οὐχ ὁρῶ· χωρὶς γὰρ τῆς περιστάσης ἂν

ardeur que nous avions mise à rendre le décret, Philippe, rendu à la santé, ne nous inquiéterait pas tant aujourd'hui.

III. Quoi qu'il en soit, ce qui s'est fait alors ne saurait se refaire. Mais aujourd'hui se présente l'occasion d'une autre guerre, au sujet de laquelle je n'ai remonté jusqu'au souvenir de ces anciens faits que pour vous prémunir contre les mêmes fautes. Comment donc l'exploiterons-nous, Athéniens, cette occasion nouvelle? Car, si vous ne secourez Olynthe de toutes vos forces, de tout votre pouvoir, voyez si vous n'aurez pas en tout manœuvré en quelque sorte aux ordres et dans l'intérêt de Philippe. Les Olynthiens se trouvaient posseder une certaine puissance, et tel était l'état des choses, que ni Philippe n'osait se commettre avec eux, ni eux avec Philippe. Nous echangeâmes avec Olynthe un traité de paix : c'était pour ce prince un obstacle, une fâcheuse entrave, qu'une ville puissante, si admirablement placée pour épier les prises qu'il pourrait livrer sur lui-même, et forte de notre alliance. Nous croyions devoir par tous les moyens exciter les Olynthiens à se déclarer contre lui. Eh bien, ce que tous demandaient alors à grands cris, se trouve effectué aujourd'hui, n'importe comment. Que reste-t-il donc à faire, Athéniens, sinon de secourir Olynthe avec vigueur et avec empressement? Pour moi, je ne vois pas d'autre parti possible; car, sans parler de la honte qui nous couvrirait, si nous renoncions

προθύμως,
νῦν ὁ Φίλιππος σωθεὶς
οὐκ ἂν ἠνώχλει ἡμῖν.
III. Τὰ μὲν δὴ πραχθέντα τότε
οὐκ ἂν ἔχοι ἄλλως·
νῦν δὲ καιρός τις ἥκει
ἑτέρου πολέμου διὰ ὃν
ἐμνήσθην καὶ περὶ τούτων,
ἵνα μὴ πάθητε
τὰ αὐτά.
Τί δὴ, ὦ ἄνδρες Ἀθηναῖοι,
χρησόμεθα τούτῳ;
Εἰ γὰρ μὴ βοηθήσετε
παντὶ σθένει κατὰ τὸ δυνατὸν,
θεάσασθε ὃν τρόπον ὑμεῖς
ἔσεσθε ἐστρατηγηκότες πάντα
ὑπὲρ Φιλίππου.
Ὀλύνθιοι ὑπῆρχον
κεκτημένοι τινὰ δύναμιν,
καὶ τὰ πράγματα διέκειτο οὕτως·
οὔτε Φίλιππος ἐθάρρει τούτους,
οὔτε οὗτοι Φίλιππον.
Ἐπράξαμεν εἰρήνην
ἡμεῖς καὶ ἐκεῖνοι πρὸς ἡμᾶς·
τοῦτο ἦν ὥσπερ τι ἐμπόδισμα
καὶ δυσχερὲς τῷ Φιλίππῳ,
πόλιν μεγάλην
διηλλαγμένην πρὸς ἡμᾶς
ἐφορμεῖν τοῖς καιροῖς ἑαυτοῦ.
Ὠόμεθα δεῖν ἐκ παντὸς τρόπου
ἐκπολεμῶσαι τοὺς ἀνθρώπους·
καὶ ὃ πάντες τέως ἐθρύλουν,
τοῦτο πέπρακται νυνὶ
ὁπωσδήποτε.
Τί οὖν ὑπόλοιπον,
ὦ ἄνδρες Ἀθηναῖοι,
πλὴν βοηθεῖν ἐρρωμένως
καὶ προθύμως;
Ἐγὼ μὲν οὐχ ὁρῶ·
χωρὶς γὰρ τῆς αἰσχύνης

avec-ardeur,
aujourd'hui Philippe sauvé
n'importunerait pas nous.
III. Or les-choses faites alors
ne sauraient-être autrement;
mais aujourd'hui une occasion vient
d'une autre guerre à cause de laquelle
j'ai fait-mention même de cela,
afin que vous ne souffriez pas
les mêmes choses.
Comment donc, ô hommes Athéniens,
userons-nous de celle-ci?
Car si vous ne secourez pas
de toute force selon le possible,
considérez *de* quelle manière vous,
vous serez ayant manœuvré tout
dans-l'intérêt-de Philippe.
Les Olynthiens se trouvaient
possédant une certaine puissance,
et les affaires étaient disposées ainsi·
ni Philippe *ne* voyait-sans-crainte ceux-ci,
ni ceux-ci Philippe.
Nous fîmes la paix
nous et eux entre nous;
ceci était comme un obstacle
et une chose fâcheuse pour Philippe,
une ville puissante
réconciliée avec nous
épier les occasions de lui.
Nous pensions falloir de toute façon
mettre-en-guerre les hommes;
et ce-que tous jusqu'ici répétaient,
ceci s'est fait maintenant
de-quelque-manière-donc-que-ce-soit.
Quoi donc *est* de-reste,
ô hommes Athéniens,
sinon secourir fort
et avec-ardeur?
Moi en vérité je ne vois pas:
car indépendamment de la honte

ἡμᾶς αἰσχύνης, εἰ καθυφείμεθά τι τῶν πραγμάτων, οὐδὲ τὸν φόβον, ὦ ἄνδρες Ἀθηναῖοι, μικρὸν ὁρῶ τὸν τῶν μετὰ ταῦτα, ἐχόντων [1] μὲν ὡς ἔχουσι Θηβαίων ἡμῖν, ἀπειρηκότων [2] δὲ χρήμασι Φωκέων, μηδενὸς δ' ἐμποδὼν ὄντος Φιλίππῳ τὰ παρόντα καταστρεψαμένῳ πρὸς ταῦτα ἐπικλῖναι τὰ πράγματα. Ἀλλὰ μὴν εἴ τις ὑμῶν εἰς τοῦτο ἀναβάλλεται ποιήσειν τὰ δέοντα, ἰδεῖν ἐγγύθεν βούλεται τὰ δεινὰ, ἐξὸν ἀκούειν ἄλλοθι γιγνόμενα, καὶ βοηθοὺς ἑαυτῷ ζητεῖν, ἐξὸν νῦν ἑτέροις αὐτὸν βοηθεῖν· ὅτι γὰρ εἰς τοῦτο περιστήσεται τὰ πράγματα, ἐὰν τὰ παρόντα προώμεθα, σχεδὸν ἴσμεν ἅπαντες δήπου.

IV. Ἀλλ' ὅτι μὲν δὴ δεῖ βοηθεῖν, εἴποι τις ἂν, πάντες ἐγνώκαμεν, καὶ βοηθήσομεν, τὸ δὲ ὅπως, τοῦτο λέγε. Μὴ τοίνυν, ὦ ἄνδρες Ἀθηναῖοι, θαυμάσητε, ἂν παράδοξον εἴπω τι τοῖς πολλοῖς· νομοθέτας καθίστατε. Ἐν δὲ τούτοις [3] τοῖς νομοθέταις

volontairement à quelqu'un des avantages que la fortune nous offre, je ne puis, Athéniens, envisager sans effroi les conséquences d'une telle négligence, quand les Thébains sont si mal disposés à notre égard, quand les Phocéens sont ruinés, quand il n'est plus un seul obstacle qui puisse empêcher Philippe, une fois maître d'Olynthe, d'envahir l'Attique. Que si quelqu'un d'entre vous remet à cette époque de prendre les mesures nécessaires, celui-là veut voir de près des maux affreux dont il pourrait entendre de loin le récit, et avoir à mendier pour lui-même un secours qu'il pourrait aujourd'hui prêter à d'autres. Car tel sera notre sort, si nous négligeons de profiter de la circonstance présente; et certes nul de nous n'en peut douter.

IV. Oui, dira-t-on peut-être, nous savons tous qu'il faut secourir Olynthe, et nous la secourrons; mais comment? C'est là ce qu'il faut nous dire. Ne soyez donc pas surpris d'un avis auquel peu d'entre vous s'attendent: créez des nomothètes. Du reste ne demandez pas à ces

ἂν περιστάσης ἡμᾶς,	devant environner nous,
εἰ καθυφείμεθα	si nous avions abandonné
τι τῶν πραγμάτων,	quelque-chose des affaires,
οὐδὲ ὁρῶ μικρὸν τὸν φόβον,	je ne vois même pas petite la crainte,
ὦ ἄνδρες Ἀθηναῖοι,	ô hommes Athéniens,
τὸν τῶν μετὰ ταῦτα,	celle des choses *d'*après cela,
Θηβαίων μὲν	les Thébains d'une-part
ἐχόντων ἡμῖν ὡς ἔχουσι,	étant pour nous comme ils sont,
Φωκέων δὲ	les Phocéens d'autre-part
ἀπειρηκότων χρήμασι ·	étant épuisés de fonds,
μηδενὸς δὲ	personne d'autre-part
ὄντος εμποδὼν Φιλίππῳ	*n'*étant un-obstacle pour Philippe
καταστρεψαμένῳ	ayant terminé *à son profit*
τὰ παρόντα,	les *affaires* présentes,
ἐπικλῖναι πρὸς ταῦτα τὰ πράγματα.	se tourner vers ces affaires-ci.
Ἀλλὰ μὴν εἴ τις ὑμῶν	Mais certes si quelqu'un de vous
ἀναβάλλεται εἰς τοῦτο	rejette à ce *moment*
ποιήσειν τὰ δέοντα,	de faire les choses nécessaires,
βούλεται ἰδεῖν ἐγγύθεν	il veut voir de pres
τὰ δεινὰ,	le terrible,
ἐξὸν ἀκούειν	étant-possible *à lui* d'apprendre
γιγνόμενα ἄλλοθι,	*cela* arrivant ailleurs,
καὶ ζητεῖν ἑαυτῷ βοηθοὺς,	et chercher à soi des aides,
ἐξὸν νῦν	étant-possible maintenant
αὐτὸν βοηθεῖν ἑτέροις ·	lui-même aider à d'autres :
ἴσμεν γὰρ δήπου σχεδὸν ἅπαντες,	car nous savons certes presque tous
ὅτι τὰ πράγματα	que les affaires
περιστήσεται εἰς τοῦτο,	tourneront à cela,
ἐὰν προώμεθα τὰ παρόντα.	si nous négligeons le présent.
IV. Ἀλλὰ, εἴποι τις ἄν,	IV. Mais, dira-peut-être quelqu'un,
πάντες ἐγνώκαμεν	tous nous pensons
ὅτι μὲν δὴ δεῖ βοηθεῖν,	que d'une-part certes il faut aider,
καὶ βοηθήσομεν,	et nous aiderons,
τὸ δὲ ὅπως, λέγε τοῦτο.	mais le comment, dis ceci.
Τοίνυν, ὦ ἄνδρες Ἀθηναῖοι,	Donc, ô hommes Athéniens,
μὴ θαυμάσητε,	ne vous étonnez point
ἂν εἴπω τι	si je dis quelque-chose
παράδοξον τοις πολλοῖς ·	contre-l'opinion à la plupart :
καθίστατε νομοθέτας.	établissez des nomothètes.
Ἐν δὲ τούτοις τοῖς νομοθέταις	Mais à l'aide de ces nomothètes

μὴ θῆσθε νόμον μηδένα (εἰσὶ γὰρ ἱκανοὶ ὑμῖν), ἀλλὰ τοὺς εἰς τὸ παρὸν βλάπτοντας ὑμᾶς λύσατε. Λέγω δὲ τοὺς περὶ τῶν θεωρικῶν [1], σαφῶς οὑτωσὶ, καὶ τοὺς περὶ τῶν στρατευομένων ἐνίους, ὧν οἱ μὲν τὰ στρατιωτικὰ τοῖς οἴκοι μένουσι διανέμουσι θεωρικὰ, οἱ δὲ τοὺς ἀτακτοῦντας ἀθώους καθιστᾶσιν, εἶτα καὶ τοὺς τὰ δέοντα ποιεῖν βουλομένους ἀθυμοτέρους ποιοῦσιν. Ἐπειδὰν δὲ ταῦτα λύσητε καὶ τὴν τοῦ τὰ βέλτιστα λέγειν ὁδὸν παράσχητε ἀσφαλῆ, τηνικαῦτα τὸν γράψοντα, ἃ πάντες ἴστε ὅτι συμφέρει, ζητεῖτε. Πρὶν δὲ ταῦτα πρᾶξαι, μὴ σκοπεῖτε, τίς εἰπὼν τὰ βέλτιστα ὑπὲρ ὑμῶν, ὑφ' ὑμῶν ἀπολέσθαι βουλήσεται· οὐ γὰρ εὑρήσετε, ἄλλως τε καὶ τούτου μόνου περιγίγνεσθαι μέλλοντος, παθεῖν ἀδίκως τι κακὸν τὸν ταῦτ' εἰπόντα καὶ γράψαντα, μηδὲν δὲ ὠφελῆσαι τὰ πράγματα, ἀλλὰ καὶ εἰς τὸ λοιπὸν μᾶλλον ἔτι ἢ νῦν τὸ τὰ βέλτιστα λέγειν φοβερώτερον ποιῆσαι. Καὶ λύειν γε, ὦ ἄνδρες Ἀθηναῖοι, τοὺς νόμους δεῖ τούτους τοὺς αὐτοὺς ἀξιοῦν, οἵπερ καὶ τεθείκασιν. Οὐ γάρ ἐστι δίκαιον τὴν μὲν χάριν [2], ἣ

nomothètes des lois nouvelles (vous en avez bien assez) ; demandez-leur d'abolir celles qui vous sont nuisibles dans la circonstance actuelle. Et il est clair que j'entends par là les lois sur les fonds affectés au théâtre et quelques-unes de celles qui concernent la milice : les unes destinent aux spectacles les fonds militaires, et les distribuent aux oisifs restés dans leurs foyers ; les autres, en assurant l'impunité aux réfractaires, découragent ceux qui seraient disposés à faire leur devoir. Quand vous aurez aboli ces lois, et rendu sûre l'émission des avis les plus utiles, cherchez alors quelqu'un qui propose les mesures dont vous sentez tous l'importance. Mais jusque-là, ne demandez pas qu'un orateur, en ouvrant les meilleurs avis, s'expose sciemment à périr par vos mains; vous n'en trouverez point, surtout quand un si grand zèle ne pourrait avoir d'autre résultat que d'attirer des maux injustes sur la tête de celui qui aurait proposé et rédigé ces utiles décrets sans procurer aucun avantage à la république, et de rendre ainsi plus effrayant encore pour l'avenir le ministère des bons conseillers. Ce n'est pas tout, Athéniens : c'est à ceux mêmes qui ont établi ces lois qu'il convient de s'adresser pour leur abolition. Car il ne serait pas juste que

μὴ θῆσθε μηδένα νόμον	n'établissez aucune loi
(ἱκανοὶ γάρ εἰσιν ὑμῖν),	(car de suffisantes sont à vous),
ἀλλὰ λύσατε τοὺς βλάπτοντας ὑμᾶς	mais abolissez celles nuisant à vous
εἰς τὸ παρόν.	pour le présent.
Λέγω δὲ σαφῶς οὑτωσί,	Or je dis clairement ainsi
τοὺς περὶ τῶν θεωρικῶν,	celles sur les *fonds* de-spectacles,
καὶ τοὺς περὶ τῶν στρατευομένων	et celles sur ceux portant-les-armes
ἐνίους,	quelques-unes *du moins*,
ὧν οἱ μὲν	desquelles les-unes d'une-part
διανέμουσι τὰ στρατιωτικὰ	distribuent les *fonds* militaires
θεωρικὰ	*comme fonds* de-spectacles
τοῖς μένουσιν οἴκοι,	à ceux restant à la maison,
οἱ δὲ καθιστᾶσιν ἀθῴους	les autres établissent impunis
τοὺς ἀτακτοῦντας,	les réfractaires,
καὶ εἶτα ποιοῦσιν ἀθυμοτέρους	et par-suite font plus dépourvus-de-courage
τοὺς βουλομένους ποιεῖν τὰ δέοντα.	ceux voulant faire le nécessaire.
Ἐπειδὰν δὲ λύσητε ταῦτα	Puis, lorsque vous aurez aboli cela
καὶ παράσχητε ἀσφαλῆ	et aurez rendu sûre
τὴν ὁδὸν τοῦ λέγειν τὰ βέλτιστα,	la voie du dire les meilleures choses,
τηνικαῦτα ζητεῖτε τὸν γράψοντα	alors cherchez celui devant proposer
ἃ πάντες ἴστε ὅτι συμφέρει.	ce-que tous vous savez qu'il importe.
Πρὶν δὲ πρᾶξαι ταῦτα,	Mais avant d'avoir fait cela,
μὴ σκοπεῖτε τίς βουλήσεται,	ne recherchez pas qui voudra,
εἰπὼν τὰ βέλτιστα	ayant dit les meilleures choses
ὑπὲρ ὑμῶν,	pour vous,
ἀπολέσθαι ὑπὸ ὑμῶν·	périr par vous;
οὐ γὰρ εὑρήσετε,	car vous ne trouverez pas,
ἄλλως τε καὶ τούτου μόνου	et surtout ceci seul
μέλλοντος περιγίγνεσθαι,	devant *en* résulter,
τὸν εἰπόντα	celui ayant proposé-de-vive-voix
καὶ γράψαντα ταῦτα	et ayant rédigé-par-écrit ces choses
παθεῖν ἀδίκως τι κακόν,	souffrir injustement quelque mal,
ὠφελῆσαι δὲ μηδὲν τὰ πράγματα,	et n'avoir servi en-rien les affaires,
ἀλλὰ καὶ ποιῆσαι εἰς τὸ λοιπὸν	mais de-plus avoir fait pour l'avenir
τὸ λέγειν τὰ βέλτιστα	le dire les choses les meilleures
φοβερώτερον μᾶλλον ἔτι ἢ νῦν.	plus effrayant encore que maintenant.
Καί, ὦ ἄνδρες Ἀθηναῖοι,	Et, ô hommes Athéniens,
δεῖ ἀξιοῦν τοὺς αὐτούς γε	il faut demander les mêmes du-moins
λύειν τούτους τοὺς νόμους,	abolir ces lois,
οἵπερ καὶ τεθείκασιν.	lesquels aussi ont établi *elles*.

πᾶσαν ἔβλαψε τὴν πόλιν, τοῖς τότε θεῖσιν ὑπάρχειν, τὴν δ' ἀπέχθειαν, δι' ἧς ἂν ἅπαντες ἄμεινον πράξαιμεν, τῷ νῦν τὰ βέλτιστα εἰπόντι ζημίαν γενέσθαι. Πρὶν δὲ ταῦτα εὐτρεπίσαι, μηδαμῶς, ὦ ἄνδρες Ἀθηναῖοι, μηδένα ἀξιοῦτε τηλικοῦτον εἶναι παρ' ὑμῖν, ὥστε τοὺς νόμους τούτους παραβάντα μὴ δοῦναι δίκην, μηδ' οὕτως ἀνόητον, ὥστε εἰς προῦπτον κακὸν αὑτὸν ἐμβαλεῖν.

V. Οὐ μὴν οὐδ' ἐκεῖνό γ' ὑμᾶς ἀγνοεῖν δεῖ, ὦ ἄνδρες Ἀθηναῖοι, ὅτι ψήφισμα οὐδενὸς ἄξιόν ἐστιν, ἂν μὴ προσγένηται τὸ ποιεῖν ἐθέλειν τά γε δόξαντα προθύμως ὑμᾶς. Εἰ γὰρ αὐτάρκη τὰ ψηφίσματα ἦν ἢ ὑμᾶς ἀναγκάζειν ἃ προσήκει πράττειν, ἢ περὶ ὧν ἂν γραφῇ διαπράξασθαι, οὔτ' ἂν ὑμεῖς, πολλὰ ψηφιζόμενοι, μικρά, μᾶλλον δ' οὐδὲν ἐπράττετε τούτων, οὔτε Φίλιππος τοσοῦτον ὑβρίκει χρόνον· πάλαι γὰρ ἂν ἕνεκά γε ψηφισμάτων [1] ἐδεδώκει δίκην. Ἀλλ' οὐχ οὕτω ταῦτ' ἔχει· τὸ γὰρ

la faveur, en vue de laquelle ils ont porté un coup terrible à la république entière, restât aux auteurs de ces lois funestes, tandis que l'orateur dont les bons conseils nous auraient rendu à tous la prospérité ne recevrait que la haine pour prix de son zèle. Non, Athéniens, avant cette réforme, ne demandez pas qu'il se trouve parmi vous un homme assez puissant pour violer impunément ces lois, ou assez insensé pour se jeter de lui-même dans un péril manifeste.

V. Il ne faut pas oublier non plus, Athéniens, qu'un décret n'est d'aucune valeur, sans la ferme volonté de faire avec zèle ce qu'il prescrit. Et en effet, si les décrets avaient le pouvoir ou de vous contraindre à faire ce qu'il faut ou d'accomplir eux-mêmes les mesures en vue desquelles ils ont été rédigés, après en avoir tant rendu, vous n'auriez pas fait si peu de choses, ou pour mieux dire, vous ne seriez pas restés dans l'inaction la plus complète; et Philippe n'aurait pas continué si longtemps ses outrages; car depuis longtemps vos décrets auraient pris soin de vous venger de lui. Mais il n'en est pas ainsi : et

Οὐ γάρ ἐστι δίκαιον	Car il n'est pas juste
τὴν μὲν χάριν,	d'une-part la faveur
ἣ ἔβλαψε πᾶσαν τὴν πόλιν,	qui a nui à toute la république,
ὑπάρχειν τοῖς θεῖσι τότε,	être à ceux ayant porté *elles* alors,
τὴν δὲ ἀπέχθειαν,	d'autre-part la haine,
διὰ ἧς ἅπαντες	par laquelle tous
ἂν πράξαιμεν ἄμεινον,	nous ferions *nos affaires* mieux,
γενέσθαι ζημίαν τῷ εἰπόντι	devenir punition à celui ayant dit
νῦν τὰ βέλτιστα.	maintenant les choses les meilleures.
Πρὶν δὲ εὐτρεπίσαι ταῦτα,	Mais avant d'avoir tourné-à-bien cela,
ἀξιοῦτε μηδαμῶς,	*ne* demandez nullement,
ὦ ἄνδρες Ἀθηναῖοι,	ô hommes Athéniens,
μηδένα εἶναι τηλικοῦτον παρὰ ὑμῖν,	personne être si grand parmi vous,
ὥστε μὴ δοῦναι δίκην	que de ne pas donner (subir) châtiment
παραβάντα τοὺς νόμους τούτους,	ayant transgressé ces lois -là,
μηδὲ οὕτως ἀνόητον	ni tellement insensé
ὥστε ἐμβαλεῖν αὑτὸν	que de jeter lui-même
εἰς κακὸν προῦπτον.	dans un mal évident.
V. Οὐ μὴν δεῖ οὐδὲ	V. Non pourtant il ne faut même-pas
ὑμᾶς ἀγνοεῖν ἐκεῖνά γε,	vous ignorer cela du-moins,
ὦ ἄνδρες Ἀθηναῖοι,	ô hommes Athéniens,
ὅτι ψήφισμά ἐστιν ἄξιον οὐδενός,	que un décret est de-la-valeur de rien,
ἂν τὸ ὑμᾶς ἐθέλειν ποιεῖν προθύμως	si le vous vouloir faire avec-zèle
τά γε δόξαντα	les choses ayant paru-à-propos
μὴ προσγένηται.	ne s'*y* est ajouté.
Εἰ γὰρ τὰ ψηφίσματα ἦν	Car si les décrets étaient
αὐτάρκη	capables-par-eux-mêmes
ἢ ἀναγκάζειν ὑμᾶς	ou de forcer vous
πράττειν ἃ προσήκει,	à faire ce-qu'il convient,
ἢ διαπράξασθαι,	ou d'accomplir *eux-mêmes*
περὶ ὧν ἂν γραφῇ,	*ce* sur quoi ils auraient été rédigés,
ὑμεῖς ψηφιζόμενοι πολλὰ,	vous décrétant beaucoup-de-choses
οὔτε ἐπράττετε ἂν μικρὰ,	vous n'auriez pas fait peu,
μᾶλλον δὲ οὐδὲν τούτων,	mais plutôt rien de ces-choses,
οὔτε Φίλιππος ὕβριζει	ni Philippe *n*'aurait insulté
τοσοῦτον χρόνον ·	*pendant* un si grand temps,
πάλαι γὰρ	car dès-longtemps
ἕνεκά γε ψηφισμάτων	du-fait du-moins des décrets
ἐδεδώκει ἂν δίκην.	il aurait donné juste-réparation.
Ἀλλὰ ταῦτα οὐχ ἔχει οὕτω ·	Mais ces-choses ne sont pas ainsi ;

πράττειν τοῦ λέγειν [1] καὶ χειροτονεῖν ὕστερον ὂν τῇ τάξει, πρότερον τῇ δυνάμει καὶ κρεῖττόν ἐστι. Τοῦτ' οὖν δεῖ προσεῖναι, τὰ δ' ἄλλα ὑπάρχει. Καὶ γὰρ εἰπεῖν τὰ δέοντα παρ' ὑμῖν εἰσιν, ὦ ἄνδρες Ἀθηναῖοι, δυνάμενοι, καὶ γνῶναι πάντων ὑμεῖς ὀξύτατοι τὰ ῥηθέντα, καὶ πρᾶξαι δὲ δυνήσεσθε νῦν, ἐὰν ὀρθῶς ποιῆτε [2]. Τίνα γὰρ χρόνον ἢ τίνα καιρὸν, ὦ ἄνδρες Ἀθηναῖοι, τοῦ παρόντος βελτίω ζητεῖτε; ἢ πότε ἃ δεῖ πράξετε, εἰ μὴ νῦν; Οὐχ ἅπαντα μὲν ἡμῶν προείληφε τὰ χωρία ἄνθρωπος; Εἰ δὲ καὶ ταύτης κύριος τῆς χώρας γενήσεται, πάντων αἴσχιστα πεισόμεθα. Οὐχ οὓς, εἰ πολεμήσαιεν, ἑτοίμως σώσειν ὑπισχνούμεθα, οὗτοι νῦν πολεμοῦνται; Οὐκ ἐχθρός; Οὐκ ἔχων τὰ ἡμέτερα; Οὐ βάρβαρος [3]; Οὐχ ὅ τι ἂν εἴποι τις; Ἀλλὰ πρὸς θεῶν, ἅπαντα ταῦτα ἐάσαντες, καὶ μονονουχὶ συγκατασκευάσαντες αὐτῷ, τότε τοὺς αἰτίους, οἵτινές εἰσι, τούτων ζητήσομεν; Οὐ

si la proposition et le vote précèdent l'action dans l'ordre des temps, celle-ci n'en est pas moins la première et la plus excellente sous le rapport de l'efficacité. Que l'action s'ajoute donc au décret, et dès lors l ne vous manque plus rien. Vous avez en effet parmi vous, Athéniens, des hommes capables de vous proposer les mesures nécessaires; vous êtes, pour comprendre les avis qu'on vous donne, le plus pénétrant de tous les peuples, et vous avez aujourd'hui même entre les mains tous les moyens d'agir, si vous voulez faire ce qu'il faut. Et quel temps, quelle occasion plus favorable cherchez-vous, Athéniens? Quand ferez-vous ce que vous devez, si vous ne le faites aujourd'hui? Cet homme ne s'est-il pas déjà emparé de toutes nos places? S'il venait à se rendre maître encore du pays des Olynthiens, ne serait-ce pas pour nous le comble de la honte? Eh quoi! ne sont-ce pas ceux mêmes que nous promettions de sauver en cas de guerre au prix des plus grands efforts, qu'on attaque aujourd'hui? Et celui qui les attaque, n'est-ce pas notre ennemi? N'est-ce pas le détenteur de nos biens? N'est-ce pas un barbare? N'est-ce pas un infâme, digne de tous les noms qu'on voudra lui donner? Au nom des Dieux immortels, est-ce donc après avoir souffert tous ses envahissements, après les avoir en quelque sorte machinés de concert avec lui, que nous rechercherons enfin quels sont les auteurs de nos maux? Car nous n'avouerons pas,

τὸ γὰρ πράττειν ὂν τῇ τάξει	car le agir étant par le rang
ὕστερον τοῦ λέγειν καὶ χειροτονεῖν,	postérieur au parler et voter,
ἐστὶ πρότερον καὶ κρεῖττον	est antérieur et supérieur
τῇ δυνάμει.	par l'efficacité.
Δεῖ οὖν τοῦτο προσεῖναι,	Il faut donc ceci être-en-outre
τὰ δὲ ἄλλα ὑπάρχει.	et les autres-choses sont *à vous*.
Καὶ γάρ, ὦ ἄνδρες Ἀθηναῖοι,	Et en-effet, ô hommes Athéniens,
εἰσὶ παρὰ ὑμῖν	*des hommes* sont parmi vous
δυνάμενοι εἰπεῖν τὰ δέοντα,	pouvant dire les choses nécessaires,
καὶ ὑμεῖς ὀξύτατοι πάντων	et vous *êtes* les plus pénétrants de tous
γνῶναι τὰ ῥηθέντα,	pour juger les choses dites,
καὶ δυνήσεσθε δὲ πρᾶξαι νῦν,	et aussi vous pourrez agir maintenant,
ἐὰν ποιῆτε ὀρθῶς.	si vous faites comme-il-faut.
Ὦ ἄνδρες Ἀθηναῖοι,	O hommes Athéniens,
τίνα γὰρ χρόνον ἢ τίνα καιρὸν	quel temps en effet ou quelle occasion
ζητεῖτε βελτίω	cherchez-vous meilleure
τοῦ παρόντος;	que le présent?
ἢ πότε πράξετε ἃ δεῖ,	Ou quand ferez-vous ce que il faut,
εἰ μὴ νῦν;	si non maintenant?
Ἄνθρωπος οὐχὶ προείληφεν	*Cet* homme n'a-t-il pas pris
ἅπαντα μὲν τὰ χωρία ἡμῶν;	toutes les places-fortes de nous?
Εἰ δὲ γενήσεται κύριος	Si d'autre-part il deviendra maître
καὶ ταύτης τῆς χώρας,	aussi de ce pays,
πεισόμεθα	nous éprouverons
αἴσχιστα πάντων.	les plus honteuses choses de toutes.
Οὓς ὑπισχνούμεθα	Ceux-que nous promettions
σώσειν ἑτοίμως,	devoir sauver avec-empressement,
εἰ πολεμήσαιεν,	s'ils étaient-en-guerre,
οὗτοι οὐ πολεμοῦνται νῦν;	eux ne sont-ils pas attaqués maintenant?
Οὐκ ἐχθρός;	N'est-ce pas *notre* ennemi?
Οὐκ ἔχων τὰ ἡμέτερα;	N'*est-ce* pas *un homme* ayant nos [*biens?*
Οὐ βάρβαρος;	N'*est-ce* pas un barbare?
Οὐχ ὅ τι ἂν εἴποι τις;	N'*est-ce* pas *tout* ce-qu'on peut-dire?
Ἀλλὰ πρὸς θεῶν,	Mais, de-par les dieux,
ἐάσαντες ἅπαντα ταῦτα,	ayant laissé *faire* tout cela,
καὶ μονονουχὶ	et presque
συγκατασκευάσαντες αὐτῷ,	l'ayant préparé-avec lui,
ζητήσομεν	rechercherons-nous
τοὺς αἰτίους τότε τούτων,	ceux *ayant été* auteurs alors de cela,
οἵτινές εἰσιν;	quels ils sont?

γὰρ αὐτοί γ' αἴτιοι φήσομεν εἶναι, σαφῶς οἶδα τοῦτ' ἐγώ. Οὐδὲ γὰρ ἐν τοῖς τοῦ πολέμου κινδύνοις τῶν φυγόντων οὐδεὶς ἑαυτοῦ κατηγορεῖ, ἀλλὰ τοῦ στρατηγοῦ καὶ τῶν πλησίον καὶ πάντων μᾶλλον· ἥττηνται δ' ὅμως διὰ πάντας τοὺς φυγόντας δήπου· μένειν γὰρ ἐξῆν τῷ κατηγοροῦντι τῶν ἄλλων· εἰ δὲ τοῦτ' ἐποίει ἕκαστος, ἐνίκων ἄν.

VI. Καὶ νῦν, οὐ λέγει τις τὰ βέλτιστα; ἀναστὰς ἄλλος εἰπάτω, μὴ τοῦτον αἰτιάσθω. Ἕτερος λέγει τις βελτίω; ταῦτα ποιεῖτε ἀγαθῇ τύχῃ [1]. Ἀλλ' οὐχ ἡδέα ταῦτα; οὐκέτι τοῦθ' ὁ λέγων ἀδικεῖ, πλὴν εἰ, δέον εὔξασθαι, παραλείπει. Εὔξασθαι μὲν γὰρ [2], ὦ ἄνδρες Ἀθηναῖοι, ῥᾴδιον, εἰς ταὐτὸ πάνθ', ὅσα βούλεταί τις, ἀθροίσαντα ἐν ὀλίγῳ· ἑλέσθαι δὲ, ὅταν περὶ πραγμάτων προτεθῇ σκοπεῖν, οὐκέθ' ὁμοίως εὔπορον· ἀλλὰ δεῖ τὰ βέλτιστα ἀντὶ τῶν ἡδέων, ἂν μὴ συναμφότερα ἐξῇ, λαμβάνειν. Εἰ δέ τις ἡμῖν ἔχει καὶ τὰ θεωρικὰ ἐᾷν, καὶ πόρους ἑτέρους λέγειν στρατιω-

je le sais bien, que nous soyons nous-mêmes ces coupables ; de même qu'aucun de ceux qui ont pris la fuite pour se soustraire aux périls d'un combat ne s'accuse soi-même, mais que chacun est prompt à inculper son général, ceux qui combattaient à ses côtés, toute l'armée, s'il le faut ; cependant la défaite n'a été due qu'à tous les fuyards ; celui qui accuse les autres était libre de rester à son poste, et si tous l'eussent fait, on eût remporté la victoire.

VI. De même aujourd'hui, un orateur prend-il la parole sans vous donner le meilleur conseil ? Qu'un autre se lève et le donne, qu'il n'accuse pas celui qui a parlé avant lui. Un autre vous donne-t-il ce meilleur conseil ? Suivez-le sous l'égide protectrice de votre fortune ! Mais ce conseil n'a rien d'agréable ? Ici l'orateur n'est plus coupable, à moins qu'il ne faille adresser des vœux au ciel, et qu'il ne néglige de le faire. Mais les vœux, Athéniens, ne coûtent rien : il est facile de réunir, de resserrer dans une même formule tout ce qu'on peut désirer; ce qui n'est plus aussi aisé, c'est de prendre un parti quand on est appelé à délibérer sur des affaires sérieuses ; il faut alors savoir préférer l'utile à l'agréable, quand on ne peut réunir les deux à la fois. Mais, dira-t-on, s'il se trouve quelque orateur qui nous laisse nos fonds de théâtre et nous indique d'autres ressources pour nos armées,

Οὐ γὰρ φήσομεν	Car nous n'avouerons point
εἶναι αὐτοί γε αἴτιοι,	être nous-mêmes *ces* auteurs,
ἐγὼ οἶδα τοῦτο σαφῶς.	moi je sais ceci clairement.
Ἐν γὰρ τοῖς κινδύνοις τοῦ πολέμου	Car, dans les périls de la guerre,
οὐδεὶς τῶν φυγόντων	nul de ceux ayant fui
οὐδὲ κατηγορεῖ ἑαυτοῦ,	n'accuse soi,
ἀλλὰ τοῦ στρατηγοῦ	mais le général
καὶ τῶν πλησίον	et ceux près *de soi*
καὶ πάντων μᾶλλον·	et tous plutôt;
ὅμως δὲ ἥττηντο	mais pourtant on a été vaincu
διὰ πάντας τοὺς φυγόντας δήπου·	à-cause-de tous ceux ayant fui certes;
μένειν γὰρ ἐξῆν	car rester était permis
τῷ κατηγοροῦντι τῶν ἄλλων·	à celui accusant les autres;
εἰ δὲ ἕκαστος ἐποίει τοῦτο,	et si chacun avait fait cela,
ἐνίκων ἄν.	on aurait vaincu.
VI. Καὶ νῦν,	VI. Et maintenant,
οὐ λέγει τις τὰ βέλτιστα;	quelqu'un ne dit-il pas le meilleur?
ἄλλος ἀναστὰς εἰπάτω,	*Qu*'un autre se levant parle,
μὴ αἰτιάσθω τοῦτον.	qu'il n'accuse pas celui-ci.
Ἕτερός τις λέγει βελτίω;	Quelque autre dit-il mieux?
ποιεῖτε ταῦτα ἀγαθῇ τύχῃ.	Faites ceci avec bonne fortune.
Ἀλλὰ ταῦτα οὐχ ἡδέα;	Mais ceci *est-il* non agréable?
ὁ λέγων οὐκέτι ἀδικεῖ τοῦτο,	celui parlant n'a-plus-tort *en* ceci,
πλὴν εἰ παραλείπει,	excepté si il néglige *de prier*,
δέον εὔξασθαι.	quand-il-faudrait prier.
Ῥάδιον μὲν γὰρ εὔξασθαι.	Car *il est* facile de prier,
ὦ ἄνδρες Ἀθηναῖοι,	ô hommes Athéniens,
ἀθροίσαντα ἐν ὀλίγῳ	ayant rassemblé en petit *espace*
εἰς τὸ αὐτό,	dans la même *formule*,
πάντα ὅσα βούλεταί τις·	tout ce-que quelqu'un veut;
ἑλέσθαι δέ,	mais-d'autre-part avoir choisi,
ὅταν προτεθῇ	quand il a été proposé
σκοπεῖν περὶ πραγμάτων,	d'examiner sur les affaires,
οὐκέτι ὁμοίως εὔπορον·	n'*est* plus également aisé;
ἀλλὰ δεῖ λαμβάνειν	mais il faut prendre
τὰ βέλτιστα ἀντὶ τῶν ἡδέων,	le meilleur au lieu de l'agréable.
ἃ μὴ ἐξῇ συναμφότερα.	si il n'est-pas-possible tous-les-deux.
Εἰ δέ τις ἔχει	Mais si quelqu'un a *les moyens*
καὶ ἐᾶν ἡμῖν	et de laisser à nous
τὰ θεωρικὰ	les *fonds* de-théâtre

τικους, οὐχ οὗτος κρείττων; εἴποι τις ἄν. Φήμ' ἔγωγε, εἴπερ ἐστιν, ὦ ἄνδρες Ἀθηναῖοι. Ἀλλὰ θαυμάζω, εἴ τῳ ποτε ἀνθρωπων ἢ γέγονεν ἢ γενήσεται, ἂν τὰ παρόντα ἀναλώσῃ πρὸς ἃ μὴ δεῖ, τῶν απόντων εὐπορῆσαι πρὸς ἃ δεῖ. Ἀλλ', οἶμαι, μέγα τοῖς τοιούτοις ὑπάρχει λόγοις [1] ἡ παρ᾽ ἑκάστου βούλησις, διόπερ ῥᾷστον ἁπάντων ἐστὶν αὑτὸν ἐξαπατῆσαι· ὃ γὰρ βούλεται, τοῦθ' ἕκαστος καὶ οἴεται· τὰ δὲ πράγματα πολλάκις οὐχ οὕτω πέφυκεν. Ὁρᾶτε οὖν, ὦ ἄνδρες Ἀθηναῖοι, ταῦθ' οὕτως, ὅπως καὶ τὰ πράγματα ἐνδέχεται, καὶ δυνήσεσθε ἐξιέναι, καὶ μισθὸν ἕξετε. Οὔτοι σωφρόνων οὐδὲ γενναίων ἐστὶν ἀνθρώπων, ἐλλείποντάς τι δι' ἔνδειαν χρημάτων τῶν τοῦ πολέμου, εὐχερῶς τὰ τοιαῦτα ὀνείδη φέρειν, οὐδ' ἐπὶ μὲν Κορινθίους [2] καὶ Μεγαρέας ἁρπάσαντας τὰ ὅπλα πορεύεσθαι, Φίλιππον δ' ἐᾶν πόλεις Ἑλλη-

son avis n'est-il pas préférable? Oui, Athéniens, je le reconnais moi-même, s'il s'en trouve. Mais je me demande s'il est jamais arrivé ou s'il arrivera jamais à un homme, après avoir dissipé les fonds qu'il avait en dépenses inutiles, de trouver dans ce qu'il n'a plus de quoi subvenir abondamment aux dépenses nécessaires. Je sais que les désirs de chacun donnent beaucoup de poids à ces sortes de propos, ce qui fait même que rien n'est plus aisé que de se tromper soi-même; oui, nos opinions sont souvent commandées par nos désirs; mais souvent aussi il n'en est pas de même des événements. Voyez donc, Athéniens, les questions qui vous sont soumises aujourd'hui, au point de vue des événements, et vous pourrez vous mettre en campagne, et vous aurez une solde pour vos armées. Car il n'est pas d'un peuple sage et généreux de reculer devant la guerre faute de ressources, et de supporter légèrement de si cruels affronts; il n'est pas digne d'un peuple, jadis si prompt à prendre les armes contre les habitants de Corinthe et de Mégare, de laisser Philippe asservir les villes de

καὶ λέγειν	et de dire (d'indiquer)
ἑτέρους πόρους στρατιωτικούς,	d'autres ressources militaires,
οὗτος οὐ κρείττων;	celui-ci n'*est-il* pas supérieur?
εἴποι τις ἄν.	dira quelqu'un.
Ἔγωγε φημὶ,	Moi-du-moins je dis-oui,
εἴπερ ἔστιν,	si-toutefois *ce quelqu'un* est,
ὦ ἄνδρες Ἀθηναῖοι.	ô hommes Athéniens.
Ἀλλὰ θαυμάζω,	Mais je m'étonne,
εἴ ποτέ τῳ ἀνθρώπων	si jamais à quelqu'un des hommes
ἢ γέγονεν ἢ γενήσεται,	ou il est arrivé ou il arrivera,
ἂν ἀναλώσῃ τὰ παρόντα	si il a dépensé les *biens* présents
πρὸς ἃ μὴ δεῖ,	pour ce-qu'il ne faut pas,
εὐπορῆσαι τῶν ἀπόντων	d'être-bien-pourvu des *biens* absents
πρὸς ἃ δεῖ.	pour ce-qu'il faut.
Ἀλλα, οἶμαι,	Mais, je pense,
ἡ βούλησις παρὰ ἑκάστου	la volonté de la part de chacun
ὑπάρχει μέγα	est chose grande
τοῖς λόγοις τοιούτοις,	pour *l'adoption de* raisons telles,
διόπερ ἐξαπατῆσαι ἑαυτὸν	à-cause-de-quoi *se* tromper soi-même
ἐστὶ ῥᾷστον ἁπάντων·	est la plus facile chose de toutes :
ὃ γαρ ἕκαστος βούλεται,	car ce-que chacun veut,
οἴεται καὶ τοῦτο·	il pense aussi cela ;
πολλάκις δὲ τὰ πράγματα	mais souvent les affaires
οὐ πέφυκεν οὕτως.	ne sont-pas-de-leur-nature ainsi.
Ὦ ἄνδρες Ἀθηναῖοι,	O hommes Athéniens,
ὁρᾶτε οὖν ταῦτα οὕτως	voyez donc ces choses ainsi
ὅπως τὰ πράγματα καὶ ἐνδέχεται,	comme les affaires aussi admettent,
καὶ δυνήσεσθε ἐξιέναι,	et vous pourrez entrer-en-campagne,
καὶ ἕξετε μισθόν.	et vous aurez une solde.
Οὔτοι ἐστὶν ἀνθρώπων	Certes il n'est pas des hommes
σωφρόνων οὐδὲ γενναίων,	sensés ni généreux,
ἐλλείποντας διὰ ἔνδειαν χρημάτων	étant-en-défaut par manque de fonds
τὶ τῶν τοῦ πολέμου,	en-quelqu'une des choses de la guerre,
φέρειν εὐχερῶς	de supporter facilement
τὰ ὀνείδη τοιαῦτα,	les insultes telles,
οὐδὲ ἁρπάσαντας μὲν τὰ ὅπλα	ni ayant saisi les armes d'une-part
πορεύεσθαι ἐπὶ Κορινθίους	de marcher contre les Corinthiens
καὶ Μεγαρέας,	et les Mégariens,
ἐᾶν δὲ Φίλιππον	d'autre-part de laisser Philippe
ἀνδραποδίζεσθαι πόλεις Ἑλληνίδας,	asservir des villes grecques,

νίδας ἀνδραποδίζεσθαι, δι' ἀπορίαν ἐφοδίων τοῖς στρατευομένοις.

VII. Καὶ ταῦτ' οὐχ ἵν' ἀπέχθωμαί τισιν ὑμῶν τηνάλλως[1], προήρημαι λέγειν· οὐ γὰρ οὕτως ἄφρων οὐδ' ἀτυχής εἰμι ἐγώ, ὥστε ἀπεχθάνεσθαι βούλεσθαι, μηδὲν ὠφελεῖν νομίζων· ἀλλὰ δικαίου πολίτου κρίνω τὴν τῶν πραγμάτων σωτηρίαν ἀντὶ τῆς ἐν τῷ λέγειν χάριτος αἱρεῖσθαι. Καὶ γὰρ τοὺς ἐπὶ τῶν προγόνων ἡμῶν λέγοντας ἀκούω, ὥσπερ ἴσως καὶ ὑμεῖς, οὓς ἐπαινοῦσι μὲν οἱ παριόντες ἅπαντες, μιμοῦνται δ' οὐ πάνυ, τούτῳ τῷ ἔθει καὶ τῷ τρόπῳ τῆς πολιτείας χρῆσθαι, τὸν Ἀριστείδην ἐκεῖνον, τὸν Νικίαν, τὸν ὁμώνυμον ἐμαυτῷ [2], τὸν Περικλέα. Ἐξ οὗ δ' οἱ διερωτῶντες ὑμᾶς οὗτοι πεφήνασι ῥήτορες· « Τί βούλεσθε; Τί γράψω; Τί ὑμῖν χαρίσωμαι; » προπέποται [3] τῆς παραυτίκα [ἡδονῆς καὶ] χάριτος τὰ τῆς πόλεως πράγματα, καὶ τοιαυτὶ συμβαίνει, καὶ τὰ μὲν τούτων πάντα καλῶς ἔχει, τὰ δ' ὑμέτερα αἰσχρῶς. Καίτοι σκέψασθε, ὦ ἄνδρες Ἀθηναῖοι, ἅ τις

la Grèce, sous prétexte qu'on n'a pas de pain à donner au soldat.

VII. Et si je vous tiens ce langage, ce n'est pas pour me rendre gratuitement odieux à quelques-uns d'entre vous : je ne suis ni assez insensé, ni assez malheureux, pour vouloir m'attirer la haine, sans espoir d'être utile à l'État ; mais j'estime qu'il est du devoir d'un bon citoyen de sacrifier au salut de l'État le désir de plaire par ses discours. Je sais en effet par ouï-dire, et sans doute vous savez tous comme moi, que telle fut constamment, du temps de nos pères, la règle, la loi politique de ces orateurs dont les nôtres font l'éloge, mais qu'ils sont loin d'imiter, des Aristide, des Nicias, de cet autre Démosthène, de Périclès enfin. Depuis qu'au contraire ont paru ces harangueurs qui ne montent à la tribune que pour vous demander : que voulez-vous ? quel décret vous proposerai-je ? en quoi puis-je vous complaire ? les intérêts publics ont été sacrifiés au plaisir, à la satisfaction du moment, et qu'en est-il résulté ? Tout va bien pour vos orateurs ; tout va honteusement pour vous. Considérez pourtant, Athéniens, ce qu'on

διὰ ἀπορίαν ἐφοδίων	par manque de provisions-de-route
τοῖς στρατευομένοις.	pour ceux portant-les-armes.
VII. Καὶ προήρημαι λέγειν ταῦτα	VII. Et j'ai préféré dire ces-choses
οὐχ ἵνα ἀπέχθωμαι	non pour que je fusse haï
τισὶν ὑμῶν	par quelques-uns de vous
τηνάλλως·	gratuitement ;
ἐγὼ γὰρ οὐκ εἰμὶ	car moi je ne suis pas
οὕτως ἄφρων οὐδὲ ἀτυχὴς,	si insensé ni malheureux,
ὥστε βούλεσθαι ἀπεχθάνεσθαι,	au point de vouloir être haï,
νομίζων ὠφελεῖν μηδέν·	pensant n'être utile en-rien ;
ἀλλὰ κρίνω πολίτου δικαίου	mais je juge *être* d'un citoyen juste
αἱρεῖσθαι τὴν σωτηρίαν τῶν πρα-	de choisir le salut des affaires
ἀντὶ τῆς χάριτος [γμάτων	au lieu de la flatterie-pour-plaire
ἐν τῷ λέγειν.	dans le parler.
Καὶ γὰρ ἀκούω,	Et en effet j'entends *dire*,
ὥσπερ ἴσως καὶ ὑμεῖς,	comme peut-être vous aussi,
τοὺς λέγοντας	ceux parlant
ἐπὶ τῶν προγόνων ἡμῶν,	sous les ancêtres de nous,
οὓς ἅπαντες οἱ παριόντες	lesquels tous ceux venant *à la tribune*
ἐπαινοῦσι μὲν,	louent il-est-vrai,
μιμοῦνται δὲ οὐ πάνυ,	mais n'imitent pas du-tout,
χρῆσθαι τούτῳ τῷ ἔθει	se servir de cette coutume
καὶ τῷ τρόπῳ τῆς πολιτείας,	et de cette façon d'administration,
ἐκεῖνον τὸν Ἀριστείδην,	cet Aristide,
τὸν Νικίαν, τὸν ὁμώνυμον ἐμαυτῷ,	Nicias, l'homonyme à moi-même,
τὸν Περικλέα.	Périclès.
Ἐξ οὗ δὲ πεφήνασιν	Mais depuis que parurent
οὗτοι οἱ ῥήτορες διερωτῶντες ὑμᾶς·	ces orateurs interrogeant vous :
« Τί βούλεσθε;	« Que voulez-vous ?
Τί γράψω;	Que rédigerai-je *à proposer*?
Τί χαρίσωμαι ὑμῖν; »	En-quoi plairai-je à vous ? »
τὰ πράγματα τῆς πόλεως	les affaires de la république
προπέποται [ἡδονῆς	ont été sacrifiées pour le plaisir
καὶ] χάριτος τῆς παραυτίκα,	et la faveur d'aussitôt (du moment),
καὶ τοιαυτὶ συμβαίνει,	et des choses telles arrivent,
καὶ πάντα μὲν τὰ τούτων	et d'une-part toutes les *affaires* d'eux
ἔχει καλῶς,	sont bien,
τὰ δὲ ὑμέτερα αἰσχρῶς.	d'autre-part les vôtres honteusement
Καίτοι σκέψασθε,	Et pourtant examinez,
ὦ ἄνδρες Ἀθηναῖοι, κεφάλαια	hommes Athéniens, les résumés

ἂν κεφάλαιο εἰπεῖν ἔχοι τῶν τ' ἐπὶ τῶν προγόνων ἔργων καὶ τῶν ἐφ' ὑμῶν. Ἔσται δὲ βραχὺς καὶ γνώριμος ὑμῖν ὁ λόγος· οὐ γὰρ ἀλλοτρίοις ὑμῖν χρωμένοις παραδείγμασιν, ἀλλ' οἰκείοις, ὦ ἄνδρες Ἀθηναῖοι, εὐδαίμοσιν ἔξεστι γενέσθαι.

VIII. Ἐκεῖνοι τοίνυν, οἷς οὐκ ἐχαρίζονθ' οἱ λέγοντες οὐδ' ἐφίλουν αὐτοὺς [1], ὥσπερ ὑμᾶς οὗτοι νῦν, πέντε μὲν καὶ τετταράκοντα ἔτη [2] τῶν Ἑλλήνων ἦρξαν ἑκόντων, πλείω δ' ἢ μύρια τάλαντα εἰς τὴν ἀκρόπολιν [3] ἀνήγαγον. Ὑπήκουε δὲ ὁ ταύτην τὴν χώραν ἔχων αὐτοῖς βασιλεὺς, ὥσπερ ἐστὶ προσῆκον βάρβαρον Ἕλλησι· πολλὰ δὲ καὶ καλὰ καὶ πεζῇ [4] καὶ ναυμαχοῦντες ἔστησαν τρόπαια αὐτοὶ στρατευόμενοι, μόνοι δὲ ἀνθρώπων κρείττω τὴν ἐπὶ τοῖς ἔργοις δόξαν τῶν φθονούντων κατέλιπον. Ἐπὶ μὲν δὴ τῶν Ἑλληνικῶν ἦσαν τοιοῦτοι· ἐν δὲ τοῖς κατὰ τὴν πόλιν αὐτὴν θεάσασθε ὁποῖοι, ἔν τε τοῖς κοινοῖς καὶ τοῖς ἰδίοις. Δημοσίᾳ μὲν τοίνυν οἰκοδομήματα καὶ κάλλη τοιαῦτα κατεσκεύασαν ἡμῖν ἱερῶν καὶ τῶν ἐν τούτοις ἀναθημάτων, ὥστε μηδενὶ τῶν ἐπι-

pourrait offrir comme un résumé de la conduite de vos ancêtres et de la vôtre. Je ne serai pas long, et je ne dirai rien qui ne vous soit bien connu; car ce n'est pas en suivant des modèles étrangers, c'est en suivant ceux que vous offre votre propre patrie, que vous pouvez, Athéniens, devenir heureux.

VIII. Eh bien! ces ancêtres, que leurs orateurs ne flattaient pas et n'aimaient pas, comme les vôtres vous aiment, pendant quarante-cinq ans ils commandèrent aux Grecs volontairement soumis, et réunirent plus de dix mille talents dans la citadelle. Le roi qui possédait alors le pays de votre ennemi leur obéissait, comme il est convenable qu'un barbare obéisse à des Grecs; ils érigèrent de nombreux et magnifiques trophées, comme monuments des victoires qu'ils remportaient eux-mêmes sur terre et sur mer, et, seuls de tous les hommes, ils ont laissé de leurs actions une renommée supérieure à l'envie. Voilà ce qu'ils furent dans leurs rapports avec la Grèce; voyez maintenant ce qu'ils étaient au sein même de leur ville, et comme hommes publics et comme particuliers. Comme hommes publics, ils élevèrent des édifices, des temples si magnifiques, ils y suspendirent de si riches offrandes, qu'il n'est resté à leurs descendants aucun moyen d'aller au delà. Comme particuliers, ils étaient si simples, si fermement attachés aux mœurs

ἅ τις ἂν ἔχοι εἰπεῖν
τῶν ἔργων
τῶν τε ἐπὶ τῶν προγόνων,
καὶ τῶν ἐπὶ ὑμῶν.
Ὁ δὲ λόγος ἔσται βραχὺς
καὶ γνώριμος ὑμῖν·
ἔξεστι γὰρ ὑμῖν,
ὦ ἄνδρες Ἀθηναῖοι,
γενέσθαι εὐδαίμοσι,
χρωμένοις παραδείγμασιν
οὐκ ἀλλοτρίοις, ἀλλὰ οἰκείοις.
VIII. Ἐκεῖνοι τοίνυν,
οἷς οἱ λέγοντες
οὐκ ἐχαρίζοντο
οὐδὲ ἐφίλουν αὐτούς,
ὥσπερ οὗτοι ὑμᾶς νῦν,
τεσσαράκοντα καὶ πέντε μὲν ἔτη
ἦρξαν τῶν Ἑλλήνων ἑκόντων,
ἀνήγαγον δὲ εἰς τὴν ἀκρόπολιν
τάλαντα πλείω ἢ μύρια.
Ὁ δὲ βασιλεὺς ἔχων ταύτην τὴν χώραν
ὑπήκουεν αὐτοῖς,
ὥσπερ ἐστὶ προσῆκον
βάρβαρον Ἕλλησιν·
ἔστησαν δὲ τρόπαια
πολλὰ καὶ καλὰ
καὶ πεζῇ καὶ ναυμαχοῦντες
στρατευόμενοι αὐτοί,
μόνοι δὲ ἀνθρώπων
κατέλιπον τὴν δόξαν ἐπὶ τοῖς ἔργοις
κρείττω τῶν φθονούντων.
Τοιοῦτοι μὲν δὴ ἦσαν
ἐπὶ τῶν Ἑλληνικῶν·
θεάσασθε δὲ ὁποῖοι
ἐν τοῖς κατὰ τὴν πόλιν αὐτὴν
ἔν τε τοῖς κοινοῖς καὶ τοῖς ἰδίοις.
Δημοσίᾳ μὲν τοίνυν
κατεσκεύασαν ἡμῖν οἰκοδομήματα
καὶ κάλλη τοιαῦτα ἱερῶν
καὶ τῶν ἀναθημάτων ἐν τούτοις,

qu'on aurait à dire
des actions
et celles du-temps des ancêtres,
et celles du-temps de vous.
Or le discours sera bref
et connu *d'avance* par vous
car il est-possible à vous,
ô hommes Athéniens,
de devenir heureux,
vous servant d'exemples
non étrangers, mais propres.
VIII. Eh-bien ceux-là,
auxquels ceux parlant *à eux*
ne cherchaient-pas-à-plaire
et n'aimaient pas eux,
comme ceux-ci vous aujourd'hui,
d'une-part quarante et cinq ans
furent-à-la-tête des Grecs le-voulant,
d'autre-part réunirent en la citadelle
des talents plus nombreux que dix-mille.
De-plus, le roi ayant ce pays-là,
obéissait à eux,
comme il est convenable
un barbare *obéir* à des Grecs;
de-plus ils élevèrent des trophées
nombreux et beaux
et sur-terre et combattant-sur-mer
se mettant-en-campagne eux-mêmes,
et seuls des hommes
laissèrent la gloire pour *leurs* œuvres
supérieure aux envieux.
Tels donc ils étaient d'une-part
en-fait des affaires-grecques;
contemplez d'autre-part quels
dans celles touchant la ville même
dans et les publiques et les privées
Or publiquement d'une part
ils préparèrent à nous des édifices
et des beautés telles de temples
et des objets-consacrés dans ceux-ci,

γιγνομένων ὑπερβολὴν λελεῖφθαι· ἰδίᾳ δ' οὕτω σώφρονες ἦσαν καὶ σφόδρα ἐν τῷ τῆς πολιτείας ἤθει μένοντες, ὥστε τὴν Ἀριστείδου καὶ τὴν Μιλτιάδου καὶ τῶν τότε λαμπρῶν οἰκίαν εἴ τις ἄρα οἶδεν ὑμῶν ὁποία ποτ' ἐστὶν, ὁρᾷ τῆς τοῦ γείτονος οὐδὲν σεμνοτέραν οὖσαν· οὐ γὰρ εἰς περιουσίαν ἐπράττετο αὐτοῖς τὰ τῆς πόλεως, ἀλλὰ τὸ κοινὸν αὔξειν ἕκαστος ᾤετο δεῖν. Ἐκ δὲ τοῦ τὰ μὲν Ἑλληνικὰ πιστῶς, τὰ δὲ πρὸς τοὺς θεοὺς εὐσεβῶς, τὰ δ' ἐν αὑτοῖς ἴσως διοικεῖν, μεγάλην εἰκότως ἐκτήσαντο εὐδαιμονίαν. Τότε μὲν δὴ τοῦτον τὸν τρόπον εἶχε τὰ πράγματα ἐκείνοις, χρωμένοις οἷς εἶπον προστάταις· νυνὶ δὲ πῶς ὑμῖν ὑπὸ τῶν χρηστῶν τούτων [1] τὰ πράγματα ἔχει; ἆρά γε ὁμοίως καὶ παραπλησίως;

IX. Καὶ τὰ μὲν ἄλλα σιωπῶ, πόλλ' ἂν ἔχων εἰπεῖν· ἀλλ' ὅσης ἅπαντες ὁρᾶτε ἐρημίας ἐπειλημμένοι, καὶ Λακεδαιμονίων μὲν ἀπολωλότων [2], Θηβαίων δὲ ἀσχόλων ὄντων [3], τῶν δ' ἄλλων

républicaines, que ceux d'entre vous qui connaissent la maison d'Aristide, celle de Miltiade, ou celle de quelqu'un des hommes illustres de cette époque, peuvent voir qu'elles ne surpassent en élégance aucune des maisons voisines ; c'est que ce n'était pas en vue de faire leur propre fortune qu'ils administraient les affaires publiques, mais que chacun d'eux regardait comme un devoir d'enrichir la communauté. Par cette loyauté envers les Grecs, par cette piété envers les Dieux, par cet esprit d'égalité dans leurs rapports entre eux, il était naturel qu'ils parvinssent au faîte de la prospérité. Tel était donc alors pour eux l'état des choses, sous les chefs dont j'ai parlé : quel est-il pour vous aujourd'hui, sous la conduite de nos vertueux orateurs? Est-il le même? En approche-t-il du moins?

IX. Sans parler du reste (j'aurais trop à vous dire), vous voyez tous dans quel isolement de rivaux nous nous trouvions : les Lacédémoniens étaient abattus, les Thébains étaient occupés ailleurs, aucun des

ὥστε ὑπερβολὴν λελεῖφθαι	que moyen-d'aller-au-delà être laissé
μηδενὶ τῶν ἐπιγιγνομένων·	à aucun de ceux nés-depuis ;
ἰδίᾳ δὲ	en particulier d'autre-part
ἦσαν οὕτω σώφρονες	ils furent tellement modérés
καὶ μένοντες σφόδρα	et demeurant fortement
ἐν τῷ ἤθει τῆς πολιτείας,	dans les mœurs de la constitution
ὥστε, εἴ τις ἄρα ὑμῶν	que, si quelqu'un donc de vous
οἶδε τὴν οἰκίαν Ἀριστείδου	sait la maison d'Aristide,
καὶ τὴν Μιλτιάδου	et celle de Miltiade
καὶ τῶν λαμπρῶν τότε,	et des illustres *d'*alors,
ὁποία ποτέ ἐστιν,	quelle enfin elle est,
ὁρᾷ οὖσαν σεμνοτέραν οὐδὲν	il *la* voit étant plus splendide en-rien
τῆς τοῦ γείτονος·	que celle du voisin :
τὰ γὰρ τῆς πόλεως	car les-choses de la république
ἐπράττετο αὐτοῖς	étaient administrées par eux
οὐκ εἰς περιουσίαν,	non en-vue-de *leur propre* fortune,
ἀλλὰ ἕκαστος ᾤετο δεῖν	mais chacun pensait falloir
αὔξειν τὸ κοινόν.	devoir augmenter la richesse-publique.
Ἐκ δὲ τοῦ διοικεῖν	Or par-suite du administrer
τὰ μὲν Ἑλληνικὰ πιστῶς,	et les choses grecques loyalement,
τὰ δὲ πρὸς τοὺς θεοὺς	et celles touchant les dieux
εὐσεβῶς,	pieusement,
τὰ δὲ ἐν αὑτοῖς ἴσως,	et celles entre eux-mêmes avec-égalité,
ἐκτήσαντο εἰκότως	ils acquirent naturellement
εὐδαιμονίαν μεγάλην.	une prospérité grande.
Τότε μὲν δὴ	Alors donc d'une-part
τὰ πράγματα εἶχε	les affaires étaient
τοῦτον τὸν τρόπον ἐκείνοις,	de cette façon à eux,
χρωμένοις προστάταις οἷς εἶπον·	se servant des chefs que j'ai dit ;
νυνὶ δὲ	d'autre-part aujourd'hui
πῶς τὰ πράγματα ἔχει ὑμῖν	comment les affaires sont-elles à vous
ὑπὸ τούτων τῶν χρηστῶν ;	au-moyen-de ces bons *chefs*-ci ?
ἆρά γε ὁμοίως καὶ παραπλησίως ;	Est-ce-bien de même et approchant ?
IX. Καὶ σιωπῶ μὲν τὰ ἄλλα,	IX. Et je tais les autres choses,
ἔχων ἂν πολλὰ εἰπεῖν·	ayant beaucoup à dire ;
ἀλλὰ ἐπειλημμένοι	mais étant-en-possession
ἐρημίας,	d'un isolement *d'antagonistes*
ὅσης ὁρᾶτε ἅπαντες,	aussi-grand-que vous voyez tous
καὶ Λακεδαιμονίων μὲν	et les Lacédémoniens d'une-part
ἀπολωλότων,	étant ruinés,

οὐδενὸς ὄντος ἀξιόχρεω περὶ τῶν πρωτείων ἡμῖν ἀντιτάξασθαι, ἐξὸν [δ'] ἡμῖν καὶ τὰ ἡμέτερ' αὐτῶν ἀσφαλῶς ἔχειν καὶ τὰ τῶν ἄλλων δίκαια βραβεύειν, ἀπεστερήμεθα μὲν χώρας οἰκείας, πλείω δ' ἢ χίλια καὶ πεντακόσια τάλαντα ἀνηλώκαμεν εἰς οὐδὲν δέον· οὓς δ' ἐν τῷ πολέμῳ συμμάχους ἐκτησάμεθα, εἰρήνης οὔσης ἀπολωλέκασιν οὗτοι [1], ἐχθρὸν δ' ἐφ' ἡμᾶς αὐτοὺς τηλικοῦτον ἠσκήκαμεν. Ἢ φρασάτω τις ἐμοὶ παρελθών, πόθεν ἄλλοθεν ἰσχυρὸς γέγονεν, ἢ παρ' ἡμῶν αὐτῶν Φίλιππος. Ἀλλ', ὦ τᾶν, εἰ ταῦτα φαύλως, τά γ' ἐν αὐτῇ τῇ πόλει νῦν ἄμεινον ἔχει. Καὶ τί ἂν εἰπεῖν τις ἔχοι; τὰς ἐπάλξεις, ἃς κονιῶμεν, καὶ τὰς ὁδούς, ἃς ἐπισκευάζομεν, καὶ κρήνας, καὶ λήρους; Ἀποβλέψατε δὴ πρὸς τοὺς ταῦτα πολιτευομένους, ὧν οἱ μὲν ἐκ πτωχῶν [2] πλούσιοι γεγόνασιν, οἱ δ' ἐξ ἀδόξων ἔντιμοι, ἔνιοι δὲ τὰς ἰδίας οἰκίας τῶν δημοσίων οἰκοδομημάτων σεμνοτέρας εἰσὶ κατεσκευασμένοι,

autres peuples n'était assez puissant pour nous disputer le premier rang, il nous était facile et de conserver en toute sécurité nos propres biens et de nous établir les arbitres des droits des autres; et nous voici dépouillés d'un territoire qui nous appartenait! Et nous avons dépensé sans aucune utilité plus de quinze cents talents! Et les alliés que la guerre nous avait acquis, ces dignes orateurs les ont perdus pendant la paix! Et nous avons exercé contre nous-mêmes un ennemi si redoutable! Que si quelqu'un le conteste, qu'il s'avance et me dise où Philippe a pris cette puissance qu'il ne tient pas de nous! Mais, mon cher, si cela va mal, les affaires de l'intérieur du moins sont aujourd'hui en meilleur état. Et que pourrait-on citer à l'appui de cette assertion? Des murs recrépis, des chemins réparés, des fontaines, des bagatelles? Jetez donc les yeux sur les auteurs de ces beaux ouvrages: ceux-ci, de pauvres, sont devenus riches; ceux-là, d'obscurs, ont devenus illustres; plusieurs se sont construit des demeures par

Θηβαίων δὲ ὄντων ἀσχόλων,	et les Thébains étant occupés,
οὐδενὸς δὲ τῶν ἄλλων	et aucun des autres
ὄντος ἀξιόχρεω	n'étant suffisant
ἀντιτάξασθαι ἡμῖν	pour lutter-contre nous
περὶ τῶν πρωτείων,	au sujet de la prééminence,
ἐξὸν [δὲ] ἡμῖν [τῶν,	d'autre-part étant-possible à nous
καὶ ἔχειν ἀσφαλῶς τὰ ἡμέτερα αὐ-	et d'avoir en-sûreté nos *biens* de nous,
καὶ βραβεύειν τὰ δίκαια τῶν ἄλλων,	et de régler les droits des autres,
ἀπεστερήμεθα μὲν	d'un-côté nous avons été privés
χώρας οἰκείας,	d'un territoire propre *à nous*,
ἀνηλώκαμεν δὲ τάλαντα	et nous avons dépensé des talents
πλείω ἢ χίλια καὶ πεντακόσια	plus nombreux que mille et cinq-cents
εἰς οὐδὲν δέον·	pour rien *de* nécessaire;
οὓς δὲ συμμάχους	d'autre-part les alliés que
ἐκτησάμεθα ἐν τῷ πολέμῳ,	nous avions acquis dans la guerre
οὗτοι ἀπολωλέκασιν,	ces *orateurs les* ont perdus,
εἰρήνης οὔσης,	la paix étant,
ἠσκήκαμεν δὲ	et nous avons exercé
ἐπὶ ἡμᾶς αὐτοὺς	contre nous-mêmes
ἐχθρὸν τηλικοῦτον.	un ennemi si redoutable.
Ἢ τις παρελθὼν	Ou *que* quelqu'un s'étant avancé
φρασάτω ἐμοὶ πόθεν ἄλλοθεν	dise à moi d'où d'ailleurs
ἢ παρ' ἡμῶν αὐτῶν	que de-par nous-mêmes
Φίλιππος γέγονεν ἰσχυρός.	Philippe est devenu puissant.
Ἀλλά, ὦ τᾶν,	Mais, ô *mon* cher,
εἰ ταῦτα φαύλως,	si ces choses *vont* mal,
τά γε ἐν τῇ πόλει αὐτῇ	du-moins celles dans la ville même
ἔχει ἄμεινον νῦν.	sont mieux maintenant.
Καὶ τί ἄν τις ἔχοι εἰπεῖν;	Et quoi aurait-on à dire *à l'appui*?
τὰς ἐπάλξεις ἃς κονιῶμεν,	Les remparts que nous recrépissons
καὶ τὰς ὁδοὺς ἃς ἐπισκευάζομεν,	et les routes que nous réparons,
καὶ κρήνας καὶ λήρους;	et des fontaines et des bagatelles?
Ἀποβλέψατε δὴ	Jetez-les-yeux donc
πρὸς τοὺς πολιτευομένους ταῦτα,	sur ceux administrant ces choses,
ὧν οἱ μὲν	dont les uns
γεγόνασι πλούσιοι ἐκ πτωχῶν,	sont devenus riches de pauvres,
οἱ δὲ ἔντιμοι ἐξ ἀδόξων,	les autres honorés d'obscurs,
ἔνιοι δὲ εἰσὶ κατεσκευασμένοι	quelques-uns de-plus sont s'étant fait
τὰς ἰδίας οἰκίας σεμνοτέρας	*leurs* propres maisons plus superbes
τῶν οἰκοδομημάτων δημοσίων,	que les édifices publics,

ὅσῳ δὲ τὰ τῆς πόλεως ἐλάττω γέγονε, τοσούτῳ τὰ τούτων ηὔξηται.

X. Τί δὴ τὸ πάντων αἴτιον τούτων, καὶ τί δήποτε ἅπαντ' εἶχε καλῶς τότε, καὶ νῦν οὐκ ὀρθῶς; ὅτι τὸ μὲν πρῶτον καὶ στρατεύεσθαι τολμῶν αὐτὸς ὁ δῆμος δεσπότης τῶν πολιτευομένων ἦν καὶ κύριος αὐτὸς ἁπάντων τῶν ἀγαθῶν, καὶ ἀγαπητὸν ἦν παρὰ τοῦ δήμου τῶν ἄλλων ἑκάστῳ καὶ τιμῆς καὶ ἀρχῆς καὶ ἀγαθοῦ τινὸς μεταλαβεῖν. Νῦν δὲ τοὐναντίον [1], κύριοι μὲν τῶν ἀγαθῶν οἱ πολιτευόμενοι, καὶ διὰ τούτων ἅπαντα πράττεται· ὑμεῖς δ' ὁ δῆμος ἐκνενευρισμένοι καὶ περιῃρημένοι χρήματα καὶ συμμάχους, ἐν ὑπηρέτου καὶ προσθήκης μέρει γεγένησθε, ἀγαπῶντες ἐὰν μεταδιδῶσι θεωρικῶν ὑμῖν, ἢ βοΐδια πέμψωσιν οὗτοι, καὶ, τὸ πάντων ἀνανδρότατον, τῶν ὑμετέρων αὐτῶν χάριν προσοφείλετε. Οἱ δ' ἐν αὐτῇ τῇ πόλει καθείρξαντες ὑμᾶς ἐπάγουσιν ἐπὶ ταῦτα καὶ τιθασεύουσι, χειροήθεις αὑτοῖς ποιοῦντες. Ἔστι δ' οὐδέποτ', οἶμαι, μέγα [2] καὶ νεανικὸν φρόνημα λαβεῖν μικρὰ καὶ φαῦλα πράττοντας· ὁποῖ' ἄττα γὰρ ἂν τὰ ἐπιτηδεύματα

ticulières plus magnifiques que des monuments publics; et plus la fortune de l'Etat a baissé, plus la leur a grandi.

X. Quelle est donc la cause de tout ceci, et pourquoi tant de prospérité autrefois, tant de honte aujourd'hui? Parce qu'autrefois le peuple, osant combattre lui-même, était le maître de ses gouvernants, l'arbitre de toutes les grâces, et que chacun des autres se contentait de devoir au peuple et honneurs, et magistratures, et tout autre avantage, quel qu'il fût; parce qu'aujourd'hui, au contraire, ce sont les gouvernants qui sont maîtres de toutes les faveurs, et c'est par eux que tout se fait, tandis que vous, le peuple, énervés et dépouillés de vos richesses et de vos alliés, réduits à la condition de valets, d'êtres secondaires et superflus, vous vous estimez trop heureux s'ils vous payent des spectacles, s'ils vous jettent de vils aliments, et, pour comble de lâcheté, vous leur êtes reconnaissants des largesses qu'ils vous font avec vos propres biens. Ce sont eux qui, en vous renfermant dans vos murs, vous amènent à tant de bassesses; ils vous apprivisent, ils vous rendent souples pour eux. Or jamais, sans doute, des sentiments généreux et énergiques n'animèrent des hommes asservis à de misérables et viles actions; car telles les habitudes des hom-

ὅσῳ δὲ ἐλάττω	et autant moindres
τὰ τῆς πόλεως γέγονε,	les *biens* de l'état sont devenus,
τοσούτῳ τὰ τούτων ηὔξηται.	autant ceux de ces-gens ont crû.
X. Τί δὴ τὸ αἴτιον πάντων τούτων,	X. Quoi donc *est* cause de tout ceci,
καὶ τί δήποτε	et pourquoi donc-enfin
ἅπαντα εἶχε καλῶς τότε,	tout était-il bien alors,
καὶ νῦν οὐκ ὀρθῶς;	et maintenant non comme-il-faut?
Ὅτι τὸ μὲν πρῶτον	Parce que d'un-côté d'abord
καὶ ὁ δῆμος τολμῶν	et le peuple osant
στρατεύεσθαι αὐτὸς	se mettre-en-campagne lui-même
ἦν δεσπότης τῶν πολιτευομένων	était maître de ceux gouvernant
καὶ κύριος αὐτὸς	et arbitre lui-même
ἁπάντων τῶν ἀγαθῶν,	de tous les biens,
καὶ μεταλαβεῖν παρὰ τοῦ δήμου	et *que* participer de-par le peuple
καὶ τιμῆς καὶ ἀρχῆς	et à un honneur et à un commandement
καί τινος ἀγαθοῦ	et à quelque bien
ἦν ἀγαπητὸν ἑκάστῳ τῶν ἄλλων.	était suffisant à chacun des autres.
Νῦν δὲ τὸ ἐναντίον	Mais maintenant au contraire
οἱ πολιτευόμενοι μὲν	d'un-côté ceux gouvernant
κύριοι τῶν ἀγαθῶν,	*sont* maîtres des biens,
καὶ ἅπαντα πράττεται διὰ τούτων·	et tout est fait par ceux-ci;
ὑμεῖς δὲ ὁ δῆμος,	d'un-autre-côté vous le peuple,
ἐκνενευρισμένοι καὶ περιῃρημένοι	énervés et dépouillés
χρήματα καὶ συμμάχους,	de fonds et d'alliés,
γεγένησθε ἐν μέρει	vous êtes devenus en rôle
ὑπηρέτου καὶ προσθήκης,	de valet et de chose-accessoire,
ἀγαπῶντες ἐὰν οὗτοι	vous contentant si ces-gens
μεταδιδῶσιν ὑμῖν θεωρικῶν,	font-part à vous de fonds-de-théâtre
ἢ πέμψωσι βοΐδια,	ou envoient *à vous* de petits-bœufs,
καί, τὸ ἀνανδρότατον πάντων,	et, le plus indigne de tout,
προσοφείλετε χάριν	vous devez-de-plus reconnaissance
τῶν ὑμετέρων αὐτῶν.	pour vos *biens* de vous-mêmes.
Οἱ δὲ καθείρξαντες	Or ceux ayant enfermé *vous*
ἐν τῇ πόλει αὐτῇ	dans la ville même
ἐπάγουσιν ὑμᾶς ἐπὶ ταῦτα	amènent vous à cela
καὶ τιθασεύουσι,	et apprivoisent *vous*,
ποιοῦντες χειροήθεις αὑτοῖς.	*vous* faisant maniables pour eux.
Οὐδέποτε δὲ ἔστιν, οἶμαι,	Mais jamais il n'est *possible*, je pense,
πράττοντας μικρὰ καὶ φαῦλα	*ceux* faisant choses petites et viles
λαβεῖν φρόνημα μέγα καὶ νεανικόν·	prendre un sentiment grand et hardi;

τῶν ἀνθρώπων ᾖ, τοιοῦτον ἀνάγκη καὶ τὸ φρόνημα ἔχειν. Ταῦτα, μὰ τὴν Δήμητρα, οὐκ ἂν θαυμάσαιμι, εἰ μείζων εἰπόντι ἐμοὶ γένοιτο παρ' ὑμῶν βλάβη [1] τῶν πεποιηκότων αὐτὰ γενέσθαι· οὐδὲ γὰρ παῤῥησία περὶ πάντων ἀεὶ παρ' ὑμῖν ἐστιν· ἀλλ' ἔγωγε ὅτι καὶ νῦν γέγονε θαυμάζω.

Ἐὰν οὖν ἀλλὰ νῦν γ' ἔτι ἀπαλλαγέντες τούτων τῶν ἐθῶν, ἐθελήσητε στρατεύεσθαί τε καὶ πράττειν ἀξίως ὑμῶν αὐτῶν, καὶ ταῖς περιουσίαις ταῖς οἴκοι ταύταις ἀφορμαῖς ἐπὶ τὰ ἔξω τῶν ἀγαθῶν χρήσησθε, ἴσως ἄν, ἴσως, ὦ ἄνδρες Ἀθηναῖοι, τέλειόν τι καὶ μέγα κτήσαισθε ἀγαθὸν, καὶ τῶν τοιούτων λημμάτων [2] ἀπαλλαγείητε, ἃ τοῖς ἀσθενοῦσι παρὰ τῶν ἰατρῶν σιτίοις διδομένοις ἔοικε. Καὶ γὰρ οὔτ' ἰσχὺν ἐκεῖνα ἐντίθησιν, οὔτ' ἀποθνήσκειν ἐᾷ· καὶ ταῦτα, ἃ νέμεσθε νῦν ὑμεῖς, οὔτε τοσαῦτά ἐστιν ὥστε ὠφέλειαν ἔχειν τινὰ διαρκῆ, οὔτ' ἀπογνόντας ἄλλο τι πράττειν

mes, tels nécessairement les sentiments qui les animent. Pour moi, par Cérès, je ne serais pas surpris que le tableau de ces désordres ne m'attirât de votre part des châtiments plus terribles qu'à ceux qui les ont fait naître; car la franchise n'est pas toujours de saison parmi vous, et, si une chose m'étonne, c'est même qu'en ce moment vous me la permettiez.

Ah! aujourd'hui du moins si vous renonciez à ces mœurs avilissantes, si vous consentiez à combattre et à vous montrer dignes de vous; si ces immenses fortunes, que vous prodiguez à l'intérieur, vous les convertissiez en ressources pour assurer vos possessions du dehors, peut-être, Athéniens, peut-être obtiendriez-vous quelque grand, quelque insigne avantage, peut-être vous affranchiriez-vous de ces humiliantes aumônes, assez semblables aux potions que le médecin donne au malade. Impuissantes à lui rendre les forces, elles empêchent pourtant qu'il ne meure; telles ces aumônes, dont vous vous repaissez aujourd'hui, trop modiques pour assurer la satisfaction de tous vos besoins, ne servent qu'à vous prémunir contre un désespoir salutaire qui vous

ὁποῖα ἄττα γὰρ ἂν ᾖ	car telles que peuvent-être
τὰ ἐπιτηδεύματα τῶν ἀνθρώπων,	les habitudes des hommes,
ἀνάγκη καὶ ἔχειν	nécessité *est eux* avoir aussi
τὸ φρόνημα τοιοῦτον	le sentiment tel.
Μὰ τὴν Δήμητρα,	Non *par* Cérès,
οὐκ ἂν θαυμάσαιμι,	je ne serais pas surpris,
εἰ βλάβη μείζων παρὰ ὑμῶν	si un mal plus grand de-par vous
γένοιτο ἐμοὶ εἰπόντι ταῦτα,	arrivait a moi ayant dit ces choses,
τῶν πεποιηκότων αὐτὰ γενέσθαι·	qu'à ceux ayant fait elles arriver :
παῤῥησία γὰρ περὶ πάντων	car la franchise sur tout
οὐδέ ἐστιν ἀεὶ παρὰ ὑμῖν·	n'est pas toujours près de vous ;
ἀλλὰ ἔγωγε θαυμάζω	mais moi-du-moins je suis surpris
ὅτι γέγονε καὶ νῦν.	qu'elle *y* ait été même en-ce-moment.
Ἐὰν οὖν ἀλλὰ νῦν γε ἔτι	Mais si donc maintenant du-moins
ἀπαλλαγέντες τούτων τῶν ἐθῶν,	vous étant défaits de ces habitudes,
ἐθελήσητε	vous voulez
στρατεύεσθαί τε	et entrer-en-campagne [mêmes.
καὶ πράττειν ἀξίως ὑμῶν αὐτῶν,	et agir d'une-manière-digne de vous
καὶ χρήσησθε	et si vous usez
ταύταις ταῖς περιουσίαις	de ces richesses
ταῖς οἴκοι	celles à l'intérieur
ἀφορμαῖς	*comme* ressources
ἐπὶ τὰ ἔξω τῶν ἀγαθῶν,	vers ceux au-dehors d'entre les biens,
ἴσως, ὦ ἄνδρες Ἀθηναῖοι,	peut-être, ô hommes Athéniens,
ἴσως κτήσαισθε ἂν	peut-être vous acquerriez
ἀγαθόν τι τέλειον καὶ μέγα,	quelque bien parfait et grand,
καὶ ἀπαλλαγείητε	et vous seriez délivrés
τῶν λημμάτων τοιούτων,	des recettes telles,
ἃ ἔοικε τοῖς σιτίοις	qui ressemblent aux aliments
διδομένοις τοῖς ἀσθενοῦσι	donnés aux malades
παρὰ τῶν ἰατρῶν.	par les médecins.
Καὶ γὰρ ἐκεῖνα	Et en-effet ceux-là
οὔτε ἐντίθησιν ἰσχὺν,	ni ne mettent-dans *le corps* de la force
οὔτε ἐᾷ ἀποθνήσκειν·	ni ne laissent mourir ;
καὶ ταῦτα	et ces *recettes*
ἃ ὑμεῖς νέμεσθε νῦν,	dont vous vous repaissez maintenant,
οὔτε ἐστὶ τοσαῦτα,	ni ne sont si grandes,
ὥστε ἔχειν ὠφέλειάν τινα διαρκῆ,	aupoint d'avoir une utilité suffisante,
οὔτε ἐᾷ ἀπογνόντας	ni ne laissent *vous* désespérés
πράττειν τι ἄλλο,	faire quelque-chose autre,

ἐᾷ, ἀλλ' ἔστι ταῦτα τὴν ἑκάστου ῥᾳθυμίαν ὑμῶν ἐπαυξάνοντα.

XI. Οὐκοῦν σὺ μισθοφορὰν λέγεις; φήσει τις. Καὶ παραχρῆμά γε τὴν αὐτὴν σύνταξιν ἁπάντων, ὦ ἄνδρες Ἀθηναῖοι, ἵνα, τῶν κοινῶν ἕκαστος τὸ μέρος λαμβάνων [1], ὅτου δέοιτο ἡ πόλις; τοῦθ' ὑπάρχῃ. Ἔξεστιν ἄγειν ἡσυχίαν; οἴκοι μένων εἶ βελτίων, τοῦ δι' ἔνδειαν ἀνάγκῃ τι ποιεῖν αἰσχρὸν ἀπηλλαγμένος. Συμβαίνει τι τοιοῦτον οἷον καὶ τὰ νῦν; στρατιώτης αὐτὸς ὑπάρχων ἀπὸ τῶν αὐτῶν τούτων λημμάτων, ὥσπερ ἐστὶ δίκαιον ὑπὲρ τῆς πατρίδος. Ἔστι τις ἔξω τῆς ἡλικίας ὑμῶν; ὅσα οὗτος ἀτάκτως νῦν λαμβάνων οὐκ ὠφελεῖ, ταῦτ' ἐν ἴσῃ τάξει [2] λαμβανέτω, πάντ' ἐφορῶν, καὶ διοικῶν ἃ χρὴ πράττεσθαι. Ὅλως δὲ οὔτ' ἀφελὼν οὔτε προσθεὶς, πλὴν μικρὸν, τὴν ἀταξίαν ἀνελὼν, εἰς τάξιν ἤγαγον τὴν πόλιν, τὴν αὐτὴν τοῦ λαβεῖν, τοῦ στρατεύεσθαι, τοῦ δικάζειν, τοῦ ποιεῖν τοῦθ' ὅ τι καθ' ἡλικίαν

ferait tenter quelque autre moyen, et contribuent ainsi à augmenter l'indolence de chacun de vous.

XI. Tu veux donc, dira-t-on, nous faire servir comme mercenaires? Je veux, Athéniens, je veux que dès ce moment un seul et même système régisse tous les citoyens, afin que, chacun recevant sa part des biens du trésor, la republique trouve pour tous ses besoins des cœurs dévoués. La paix autorise-t-elle le repos? Athènes aura dans son sein des citoyens plus vertueux, quand nul ne sera réduit par le besoin à commettre des actions honteuses. Se présente-t-il quelque circonstance telle que celle qui nous agite aujourd'hui? Athènes trouvera des soldats meilleurs dans ses propres citoyens, recevant à titre de solde ce qu'ils reçoivent maintenant à titre d'aumône, et se dévouant, comme il est juste, pour la patrie. En est-il parmi vous qui aient passé l'âge du service? ce qu'ils reçoivent aujourd'hui illicitement et sans utilité pour l'État, qu'ils le reçoivent désormais en vertu de ce système d'égalité, pour surveiller et administrer toutes les affaires de l'intérieur. En un mot, sans presque rien retrancher ni ajouter, j'ai fait disparaître le désordre et ramené l'ordre dans la république, en faisant pour tous une même obligation de recevoir, mais aussi de com-

ἀλλὰ ταῦτα ἐστὶν	mais ces *recettes* sont
ἐπαυξάνοντα τὴν ῥᾳθυμίαν	augmentant-encore l'indolence
ἑκάστου ὑμῶν.	de chacun de vous.
XI. Οὐκοῦν σὺ λέγεις μισθοφοράν;	XI. Toi donc dis-tu une solde?
φήσει τις.	dira quelqu'un.
Καὶ παραχρῆμά γε	Et sur-le-champ du-moins
τὴν αὐτὴν σύνταξιν ἁπάντων,	le même classement de tous,
ὦ ἄνδρες Ἀθηναῖοι,	ô hommes Athéniens,
ἵνα ἕκαστος λαμβάνων	afin que chacun recevant
τὸ μέρος τῶν κοινῶν,	*sa* part des *deniers* publics,
ὅτου ἡ πόλις δέοιτο,	de-quoi-que la république ait besoin,
τοῦτο ὑπάρχῃ.	cela soit *à elle*.
Ἔξεστιν ἄγειν ἡσυχίαν;	Est-il-possible d'être en-repos?
μένων οἴκοι εἶ βελτίων,	Restant chez-toi tu es meilleur,
ἀπηλλαγμένος τοῦ ποιεῖν ἀνάγκῃ	débarrassé du faire nécessairement
αἰσχρόν τι διὰ ἔνδειαν.	quelque chose de honteux par manque.
Συμβαίνει τι	Arrive-t-il quelque chose
τοιοῦτον οἷον καὶ τὰ νῦν;	telle que aussi celles *de* maintenant?
ὑπάρχων αὐτὸς στρατιώτης	Étant toi-même soldat
ἀπὸ τῶν αὐτῶν τούτων λημμάτων	*payé* d'après ces mêmes recettes
ὥσπερ ἐστὶ δίκαιον	comme il est juste
ὑπὲρ τῆς πατρίδος.	pour la patrie.
Ἔστι τις ὑμῶν	Est-il quelqu'un de vous
ἔξω τῆς ἡλικίας;	hors de l'âge?
ὅσα λαμβάνων	Tout ce que recevant
νῦν ἀτάκτως	aujourd'hui d'une-façon-irrégulière
οὗτος οὐκ ὠφελεῖ,	celui-ci n'est-pas-utile,
λαμβανέτω ταῦτα	qu'il reçoive cela
ἐν τάξει ἴσῃ,	en-vertu-d'un classement égal,
ἐφορῶν πάντα	surveillant tout
καὶ διοικῶν ἃ χρὴ πράττεσθαι.	et réglant ce-que il faut être fait.
Ὅλως δὲ	Or-donc en-un-mot
οὔτε ἀφελὼν οὔτε προσθεὶς,	ni *ne* retranchant ni *n*'ajoutant,
πλὴν μικρὸν,	excepté peu,
ἀνελὼν τὴν ἀταξίαν,	ayant retiré le désordre,
ἤγαγον τὴν πόλιν εἰς τάξιν,	j'ai amené la république à un ordre,
ποιήσας τὴν αὐτὴν τάξιν	ayant fait (établi) le même ordre
τοῦ λαβεῖν,	*pour ce qui est* du recevoir,
τοῦ στρατεύεσθαι, τοῦ δικάζειν,	du se mettre-en-campagne, du juger
τοῦ ποιεῖν τοῦτο ὅ τι ἕκαστος	du faire ce que chacun

ἕκαστος ἔχοι, καὶ ὅτου καιρὸς εἴη, τάξιν ποιήσας. Οὐκ ἔστιν ὅπου τοῖς μηδὲν ποιοῦσιν ἐγὼ τὰ τῶν ποιούντων εἶπον ὡς δεῖ νέμειν, οὐδ' αὐτοὺς μὲν ἀργεῖν καὶ σχολάζειν καὶ ἀπορεῖν, ὅτι δὲ οἱ τοῦ δεῖνος νικῶσι ξένοι, ταῦτα πυνθάνεσθαι· ταῦτα γὰρ νυνὶ γίγνεται. Καὶ οὐχὶ μέμφομαι τὸν ποιοῦντά τι τῶν δεόντων ὑπὲρ ὑμῶν, ἀλλὰ καὶ ὑμᾶς ὑπὲρ ὑμῶν αὐτῶν ἀξιῶ πράττειν ταῦτα, ἐφ' οἷς ἑτέρους τιμᾶτε, καὶ μὴ παραχωρεῖν, ὦ ἄνδρες Ἀθηναῖοι, τῆς τάξεως, ἣν ὑμῖν οἱ πρόγονοι τῆς ἀρετῆς μετὰ πολλῶν καὶ καλῶν κινδύνων κτησάμενοι κατέλιπον.

Σχεδὸν εἴρηκα ἃ νομίζω συμφέρειν· ὑμεῖς δ' ἕλοισθε ὅ τι καὶ τῇ πόλει καὶ ἅπασι συνοίσειν ὑμῖν μέλλει.

battre, de juger, de faire, chacun dans les limites de son âge, tout ce que réclame la conjoncture. Je n'ai pas dit qu'il fallût distribuer aux oisifs le bien des citoyens actifs, ni que, livrés vous-mêmes à la paresse, à l'oisiveté, à l'irrésolution, vous dussiez vous borner à demander si les mercenaires étrangers que commande tel ou tel chef ont été vainqueurs; car c'est là ce qui se passe maintenant. Je ne blâme pas non plus ceux qui font pour vous quelque chose de ce que vous devriez faire; mais je demande que vous aussi, vous fassiez pour vous-mêmes ce que vous récompensez chez d'autres, et que vous n'abandonniez pas, Athéniens, ce poste, le vrai poste de la vertu, que vos ancêtres ont conquis à force de périls, et qu'ils vous ont laissé à défendre.

J'ai dit à peu près ce que je crois utile. Vous, puissiez-vous choisir le parti qui doit être le plus avantageux pour la république et pour vous tous.

ἔχοι κατὰ ἡλικίαν,	peut-avoir *à faire* suivant *son* âge,
καὶ ὅτου καιρὸς εἴη.	et dont occasion peut-exister.
Οὐκ ἔστιν ὅπου ἐγὼ εἶπον	Il n'est pas *d'endroit* où moi j'aie dit
ὡς δεῖ νέμειν	qu'il faut distribuer
τοῖς ποιοῦσι μηδὲν	à ceux ne faisant rien
τὰ τῶν ποιούντων,	les *salaires* de ceux faisant,
οὐδὲ αὐτοὺς μὲν ἀργεῖν	ni vous-mêmes d'une-part être-oisifs
καὶ σχολάζειν καὶ ἀπορεῖν,	et être-en-repos et être-irrésolus,
πυνθάνεσθαι δὲ ταῦτα,	d'autre-part être informés de ceci,
ὅτι οἱ ξένοι τοῦ δεῖνος νικῶσι·	que les étrangers d'un tel triomphent;
ταῦτα γὰρ γίγνεται νυνί.	car ceci a-lieu maintenant.
Καὶ οὐχὶ μέμφομαι	Et-encore je ne blâme pas
τὸν ποιοῦντα ὑπὲρ ὑμῶν	celui faisant pour vous
τι τῶν δεόντων,	quelqu'une des choses nécessaires,
ἀλλὰ ἀξιῶ καὶ ὑμᾶς	mais je demande aussi vous
πράττειν ὑπὲρ ὑμῶν αὐτῶν ταῦτα	faire pour vous mêmes ces choses
ἐπὶ οἷς τιμᾶτε ἑτέρους,	pour lesquelles vous honorez d'autres,
καὶ μὴ παραχωρεῖν τῆς τάξεως,	et ne pas vous retirer du poste,
ὦ ἄνδρες Ἀθηναῖοι,	ô hommes Athéniens,
ἣν τῆς ἀρετῆς	lequel *étant le poste* de la vertu
οἱ πρόγονοι κτησάμενοι	*vos* ancêtres ayant acquis
μετὰ κινδύνων πολλῶν καὶ καλῶν	au prix de risques nombreux et beaux
κατέλιπον ὑμῖν.	ont laissé à vous.
Εἴρηκα σχεδὸν	J'ai dit à-peu-près
ἃ νομίζω συμφέρειν·	ce que je pense être-utile; [sir
ὑμεῖς δὲ ἕλοισθε	vous d'autre-part puissiez-vous choi-
ὅ τι μέλλει συνοίσειν	ce qui doit être-utile
καὶ τῇ πόλει καὶ ὑμῖν ἅπασιν.	et à la république et à vous tous.

NOTES

SUR LA TROISIÈME OLYNTHIENNE.

Page 74. — 1. Οὐχὶ ταὐτὰ παρ. Sall. Cat. LII : « Longè mihi alimens est, P. C., quum res atque pericula nostra considero, et quum sententias nonnullorum mecum ipse reputo. »

2. Ἐπ' ἐμοῦ .. γέγ. ταῦτα ἀμφ. Allusion au premier effort de Philippe pour entrer en Phocide : il avait été arrêté aux Thermopyles par un détachement d'Athéniens, et forcé de retourner en Macédoine (355).

Page 78.— 1. Ἡραῖον τεῖχος. La forteresse d'Hérée, peu importante par elle-même, servait de défense à la grande ville de Byzance. Athènes, effrayée des progrès qui menaçaient d'anéantir tout son commerce, rendit avec sa fougue ordinaire le décret dont parle ici Démosthène, pour le laisser bientôt sans exécution (352).

2. Μαιμακτηριών. Ce mois, ainsi nommé des fêtes en l'honneur de Jupiter Μαιμάκτης (dieu de la violence, des hivers), était le quatrième de l'année athénienne ; il avait vingt-neuf jours, et répondait à la fin de septembre et au commencement d'octobre. Démosthène insiste sur ce détail, pour faire mieux ressortir l'activité des Athéniens, que l'hiver même n'arrête pas.

3. Μέχρι πέντε καὶ τετταρ. Dans les circonstances ordinaires, on était dispensé du service à l'âge de quarante ans.

4. Τάλαντα ἑξήκοντα. Le talent (et il s'agit ici du talent d'argent, comme toutes les fois que ce mot n'est pas déterminé autrement), valait, suivant l'estimation la plus commune, 5400 francs de notre monnaie.

5 Ἑκατομβαιών. Ce mois, le premier de l'année athénienne (et ici de l'an 351), tirait son nom du grand nombre d'hécatombes qu'on y immolait ; il avait trente jours, et répondait à la fin de juin et au commencement de juillet. Μεταγειτνιών, deuxième mois de l'année athénienne, ainsi nommé de ce que les habitants de Mélite, qui célébraient alors une fête en l'honneur d'Apollon, se transportaient à cet effet sur le territoire de l'Attique (Μετὰ, γειτνία, changement de voi-

sinage), avait vingt-neuf jours, et répondait à la fin de juillet et au commencement d'août. Βοηδρομιών, troisième mois, ainsi nommé des fêtes en l'honneur du secours prêté par Ion aux Athéniens attaqués par Eumolpe, fils de Neptune (Βοή, τρέχω, courir au secours), avait trente jours, et répondait à la fin d'août et au commencement de septembre.

6. Μετὰ τὰ μυστήρια. Les grands mystères, en l'honneur de Cérès, se célébraient tous les cinq ans à Eleusis, du 15 au 23 Boédromion.

7. Κενάς, vides d'Athéniens.

8. Χαρίδημον. Charideme, Britain de naissance, gendre de Cersoblepte, avait obtenu le droit de cite à Athenes pour ses services. Démosthène le dépeint comme indigne des faveurs des Athéniens (Discours contre Aristocrate).

9. Ἀσθενῶν ἤ τεθν. Philippe ayant eu l'œil crevé au siége de Méthone, ces deux bruits s'étaient répandus.

Page 80.—1. Ἐφορμεῖν. Terme de marine qui signifie, proprement, *être en panne pour observer la flotte ennemie.*

2. Ὁπωςδήποτε. Reproche indirect aux Athéniens qui n'ont rien fait pour amener ce résultat.

Page 82. — 1. Ἐχόντων... ὡς ἔχ. Θηβ. Les Thébains haïssaient Athènes, qui, depuis les batailles de Leuctres et de Mantinée, avait pris parti pour Lacédémone, et qui, plus récemment, s'était déclarée pour les Phocéens dans la guerre sacrée.

2. Ἀπειρηκότων χρ. Φωκ. La guerre sacrée, qui durait depuis environ dix ans, avait ruiné les Phocéens.

3. Ἐν δὲ τούτοις. . Ce sens de ἐν, signifiant l'instrument dont on se sert, se retrouve dans l'expression ἐν ξύλῳ πατάσσειν, frapper *avec* un bâton, et autres analogues.

Page 84 — 1. Τοὺς περὶ τῶν θεωρικῶν. Après la trève de trente ans, conclue entre Athènes et Lacédémone, en 445, on avait décrété que chaque année mille talents seraient déposés au trésor, pour n'en être tirés qu'en cas d'urgence. Plus tard Périclès fit prendre sur ces fonds et distribuer au peuple deux oboles par tête, à chaque représentation théâtrale, sauf à cesser les distributions et à rendre ces fonds à leur destination primitive au besoin. Plus tard encore, Eubulus, allant plus loin, avait fait décréter la peine de mort contre quiconque proposerait d'enlever désormais au peuple, sous quelque prétexte que ce fût, ces fonds consacrés à ses plaisirs. De là les formes détournées que Démosthène est obligé d'employer pour aborder la question de la restitution de ces fonds aux dépenses de la guerre.

2. Τὴν... χάριν ἣ πᾶσαν ἐξ. τ. π. Χάριν représente à la fois la flatterie et la faveur qui en est la conséquence ; chacune de ces deux idées corrélatives répond à l'un des deux membres de la phrase.

Page 86. — 1. Ἕνεκα ψηφισμάτων. *Du fait de* vos décrets. De même à la fin de la première Olynthienne : Χρηστὰ δ' εἴη παντὸς εἵνεκα, que tout tourne à bien, en tant qu'il est *du fait de* chacun de vous.

Page 88. — 1. Τὸ γὰρ πράττειν τοῦ λέγ... Sall. Jug. 88 : « Gerere quàm fieri tempore posterius, re atque usu prius est. »

2. Ἐὰν ὀρθῶς ποιῆτε. Allusion toujours un peu obscure, à dessein, à la nécessité de convertir les fonds θεωρικὰ en στρατιωτικά.

3. Οὐ βάρβαρος. Les Grecs traitaient de *barbares* toutes les autres nations, sans en excepter les Macédoniens.

Page 90. — 1. Ταῦτα ποιεῖτε ἀγαθῇ τύχῃ. Espèce de formule générale, répondant à celle des Latins : « Quæ res bene, faustè ac feliciter vortat ! » Faites-le, et puisse le tout tourner à bien !

2. Εὔξασθαι γάρ... Ce γὰρ répond à la pensée elliptique de l'auteur, comme souvent en grec : (Et il n'est guère probable qu'ils négligent de prier ; car prier...) Démosthène tance ici indirectement les orateurs qui bornaient leur ministère à faire à la tribune de belles tirades de vœux, sans oser donner d'utiles, mais de déplaisants avis.

Page 92. — 1. Τοῖς τοιούτοις λόγοις. Des propos, des raisonnements tels que celui dont s'étonne ici Démosthène, deviennent souvent acceptables aux yeux de gens qui veulent les trouver tels.

2. Οὐδ' ἐπὶ μὲν Κορινθίους καὶ Μεγ. Démosthène parle ici d'une expédition qui avait eu lieu environ un siècle auparavant. Corinthe et Mégare en étant venues à une rupture au sujet de leurs limites, Mégare implora le secours d'Athènes. En l'absence des milices régulières, occupées ailleurs, les vieillards et les jeunes gens restés dans la ville prirent les armes et battirent les Corinthiens. Douze ans après, les Mégariens poussèrent l'ingratitude jusqu'à massacrer chez eux la garnison athénienne, et à s'unir, contre Athènes, à Lacédémone et Corinthe. Les Athéniens prirent alors les armes pour se venger d'eux.

Page 94. — 1. Τηνάλλως. Κατὰ τὴν ἄλλως ἄγουσαν ὁδὸν, en suivant sans y faire attention une route qui mène autre part qu'où l'on veut aller, et, par suite, étourdiment, inconsidérément, follement.

2. Τὸν ὁμώνυμον ἐμ. Démosthène, fils d'Alcisthène, collègue de Nicias dans l'expédition de Sicile, se donna la mort après la défaite des Athéniens.

3. Προπέποται. Προπίνειν, comme le latin *propinare*, signifiant pro-

prement, boire avant quelqu'un, et par suite lui livrer la coupe, a passé métaphoriquement au sens plus vague de *livrer, trahir, sacrifier*.

Page 96. — 1. Οὐδ' ἐφίλουν. Allusion ironique aux grandes protestations des orateurs du temps, qui avaient sans cesse à la bouche leur amour pour le peuple.

2. Πέντε... καὶ τετταράκοντα ἔτη... Depuis la bataille de Marathon jusque vers le temps de la guerre du Péloponèse.

3. Εἰς τὴν ἀκρόπολιν. Le trésor public était renfermé dans la citadelle

4. Πεζῇ s'oppose souvent à ναυμαχεῖν, comme en latin *pedestris* se prend pour *terrestris;* Cæs. de Bell. Civ. II, 32 : « Ut neque pedestri itinere neque navibus commeatu juvari possint. »

Page 98. — 1. Ὑπὸ τῶν χρηστῶν τούτων. Ces *vertueux* orateurs. Ce mot est pris ironiquement.

2. Λακεδαιμονίων... ἀπολωλότων. Les batailles de Leuctres et de Mantinée avaient porté à Lacédémone un coup dont elle ne put se relever.

3. Θηβαίων ἀσχ. ὄντ. Les Thébains étaient alors occupés à la guerre sacrée.

Page 100. — 1. Ἀπολωλέκασιν οὗτοι. Il ne faut pas confondre ce temps, à signification active, avec le parf. 2 ἀπολώλασιν. Ici οὗτοι représente ces χρηστοί dont il a parlé quelques lignes plus haut. Il est probable que Démosthène fait allusion à la guerre Amphipolitaine, pendant laquelle quelques villes de Thrace, comme Pydna et Potidée, s'étaient jointes aux Athéniens. Ces villes furent prises par Philippe pendant la paix.

2. Οἱ μὲν ἐκ πτωχῶν... Allusion à Démade, à Eubulus, à Phrynon, à Philocrate, et à quelques autres.

Page 102.—1. Νῦν δὲ τοὐναντίον... Tout ce passage se trouve dans Juvénal (Sat. X, 79) :

Nam qui dabat olim
Imperium, fasces, legiones, omnia, nunc se
Continet, atque duas tantùm res anxius optat,
Panem et Circenses.

Le diminutif βοίδια a une grande force de mépris. C'était l'usage d'acheter des bœufs pour faire faire des distributions au peuple (κρεωδαισίαι) dans les occasions importantes où l'on avait particulièrement besoin de son indulgence, et ici Démosthène attaque Charès qui n'avait pas négligé cette coutume, au moment de rendre compte de son administration dans la guerre d'Olynthe.

2. Ἔστι δ' οὐδέποτε... μέγα. Longin. Subl. s. IX : « Οὐδὲ γὰρ οἷόν τε μικρὰ καὶ δουλοπρεπῆ φρονοῦντας καὶ ἐπιτηδεύοντας..., θαυμαστόν τι καὶ τοῦ παντὸς αἰῶνος ἐξενεγκεῖν ἄξιον. »

Page 104.—1. Μείζων βλάβη τῶν πεποιηκότων, i. e. ἢ τοῖς πεποιηκόσι.

2. Λημμάτων. Ces distributions des fonds de théâtre sont en quelque sorte des aumônes faites au peuple. Ce mot est employé à dessein, comme plein de dédain.

Page 106.— 1. Ἕκαστος... λαμβάνων. Nomin. absolu, ou plutôt construction brisée, dont il y a une foule d'exemples en grec.

2. Ἐν ἴσῃ τάξει est opposé à ἀτάκτως, et rappelle l'idée du τὴν αὐτὴν σύνταξιν qui est plus haut; il signifie donc à la fois *d'une manière réglée, licite*, et *en vertu d'un système qui établit l'égalité parfait entre tous.*

Typographie Lahure, rue de Fleurus, 9, à Paris.

www.ingramcontent.com/pod-product-compliance
Ingram Content Group UK Ltd.
Pitfield, Milton Keynes, MK11 3LW, UK
UKHW020237220726
13923UKWH00002B/695